Liebste Stimme

Die Geschichte von ELVIS

FLOTHIC wurde im Bergischen Land geboren und studierte „Menschen" an der Universität Duisburg-Essen. Neben seiner Kunst (Fotografie, Malerei und Textilgestaltung), widmet er sich immer auch dem Schreiben von Texten. Seine ersten schriftstellerischen Werke sind Kurzgeschichten, mit dem Hang zum Skurrilen und zum Teil surrealistisch Absurden, denen bald philosophisch anmutende Schriften folgten.

Von FLOTHIC sind außerdem erschienen:

Autoportrait
Fotoband mit Kurzgeschichten
dARkb3auTy
Fotoband

Liebste Stimme
Die Geschichte von ELVIS
Buch und Idee, Layout, Covergestaltung:
FLOTHIC
Lektorat: Ascan von Bargen

FLOTHIC

Liebste Stimme

Die Geschichte von
ELVIS.

Roman

Für Dich!

Copyright FLOTHIC 2024

Verlag: BoD • Books on Demand GmbH, In de
Tarpen 42, 22848 Norderstedt
Druck: Libri Plureos GmbH, Friedensallee
273, 22763 Hamburg
ISBN: 978-3-7597-9496-3

<u>Prolog</u>

Das rasante Leben, es rast an uns vorbei, noch bevor wir die Augen richtig geöffnet haben. So ergeht es dem Protagonisten in dieser folgenden Story. Elvis macht sich auf, sein Leben zu erkunden, zu erfahren und zu fühlen. Es fällt ihm zunehmend auf, dass er durch seine Erinnerungen und Erfahrungen ein rastloses Leben lebt. Ohne zu bemerken, wie schnell es an ihm vorüber zieht, überkommen ihn dennoch Zweifel, ob er immer alles richtig gemacht hat. Kann man überhaupt alles richtig machen? Gibt es einen Plan für das Leben? Und falls ja, wieso kennt er ihn nicht? Wurde er etwa hintergangen oder sind Menschen Heuchler und tun nur so, als wüssten sie wie das perfekte Leben zu leben sei?

Elvis ist durch seine Lebensreise dermaßen erschöpft, dass er immer wieder in das Krankenhaus muss, (oder befindet er sich durchgehend dort, um seine Geschichte zu erzählen?), und seinen Erinnerungen freien Lauf lässt.
Mitunter begegnet er (seinen) Dämonen

und einigen skurrilen Menschen.
Diese Schrift soll inspirieren und zum
Nachdenken anregen.

Es ist nicht immer alles schön.

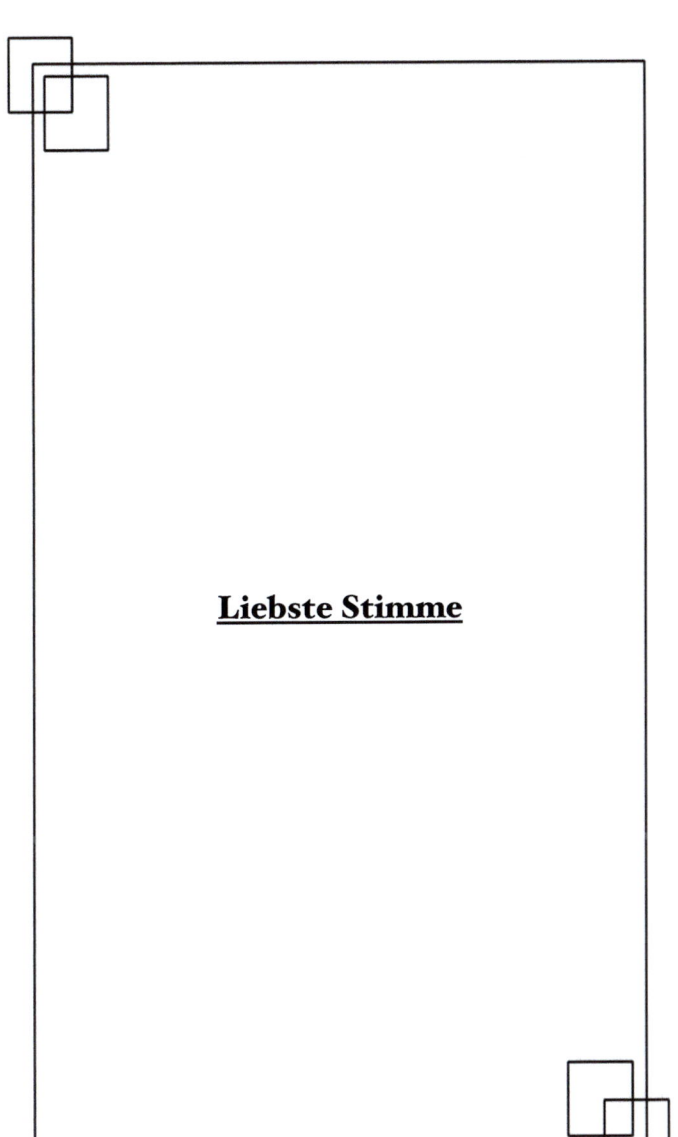

<u>Liebste Stimme</u>

Während Elvis sich eine letzte Zigarette zwischen die Lippen schob, bemerkte man sein Zittern noch stärker. Es war die Zeit gekommen, um die Augen zu schließen und alles andere hinter sich zu lassen. Egal, welche Art von Rechnungen noch auf ihn warteten - er konnte sie ja doch nicht bezahlen.

Die Krankenschwester schaute in regelmäßigen Abständen in das Zimmer, wo Elvis krampfhaft zu sterben versuchte. Immer wieder ging sie enttäuscht weg. Der Bursche war härter als sie dachte. Eigentlich hätte Elvis schon vor mehr als sechs Tagen tot sein sollen, laut ärztlicher Diagnose, doch er hielt durch.

Elvis schnippte die noch glühende Zigarette in die rechte Ecke des Raums, wo bereits die anderen Glimmstängel herum lagen. Sie sah aus wie ein überfüllter Aschenbecher nach einer durchzechten Nacht, und so roch es auch.

Der Husten machte ihm zu schaffen. Ständig dieser dunkle, blutige Auswurf.

Sein ganzes Oberbett war verschleimt und die Fliegen paarten sich bereits in der Glibbermasse.

Schweißgeruch machte die Runde. Es war ein schweine-schwüler Tag, wenn nicht sogar der schwülste Tag seit Jahren. Elvis hatte sie alle miterlebt: heiße, schwüle, kalte, trockene, eisige, staubige, verregnete, einfach alle Tage.

Ach, wie gerne wäre er noch mal unter eine erfrischende Dusche gesprungen. Wie damals, als er in Paris war, in diesem Hotel, wo es nur ein Bett und einen Kühlschrank auf dem Zimmer gab. Der Kühlschrank war proppenvoll mit Sachen der Mitbewohner, die auf derselben Etage wohnten. Es waren Dauergäste, und die kannten das Zimmer mit dem Kühlschrank nur zu gut. Die Dusche war zwei Zimmer weiter, auf derselben Etage. Man musste genau aufpassen, wenn man sich nicht mit Fußpilz infizieren wollte. Die schwarz-weißen Kacheln lebten förmlich mit den verschiedensten Pilzkulturen, die diese

Nasszelle zu bieten hatte.

Es war immer wieder spannend, in die Duschkabine zu steigen und einfach nur zu hoffen, unversehrt in die sauberen Sachen schlüpfen zu können; dem Tag heile entgegen zu stolzieren.

Die Tür öffnete sich ein weiteres Mal. Die Augen der Krankenschwester blickten den sterbenden Mann an, als wollten sie ihm sagen, er solle endlich Abschied von diesem Planeten nehmen.

„Altes Schwein!", murmelte sie vor sich hin, während sie die Zimmertür verschloss. Dabei gingen ihr schreckliche Bilder aus den letzten Wochen durch den Kopf. Es passierte während ihrer Nachtschicht, als ein Patient sie auf brutalste Art und Weise in die Patientendusche zog und sie nicht nur mit dem Duschkopf vergewaltigte.

Hustend und kleckernd drehte Elvis sich von der Tür weg. Er hatte nur ein kleines Fenster auf dieser Seite, das sich nicht öffnen ließ, denn dieses Gebäude wurde per Klimaanlage erfrischt.

„Was ist das für ein Vogel?", fragte der
Sterbende und es tropfte wieder aus seinem
Mundwinkel. Die Blut- und Spuckefäden
spannten sich zwischen Haut und
Baumwolle, als wollten sie verhindern, dass
die Fliegen gegen sein Kinn fliegen.
„Was..?"
Die Augen öffneten sich. Sterbender Blick
und tote Luft machten es sich in dem
Zimmer bequem. Sabbernd winselte er vor
sich hin, als wollte er jemanden anflehen.
Doch er war alleine. Niemand war bei ihm,
weder Verwandte noch Freunde. Er stieß
einen schwachen Atem durch die fest
aneinander gepressten Lippen aus, dann
krallte er sich krampfhaft in seine Decke
und zuckte nervös mit beiden Beinen.
„Nimm mich! Ich bin jetzt so weit.", kam es
leise aus seiner Kehle.
Er hatte einen trockenen Hals und tiefe
Risse an den Händen. Die Wunden an den
Fingern brannten nicht, dafür aber an den
Handgelenken. Man hatte erst vor der
Einlieferung in das Krankenhaus die Seile

von den Gelenken gelöst. Er musste gelitten haben wie ein Kojote, der mit seinen Pfoten in eine Bärenfalle gelaufen war. Man konnte den Knochen sehen, so sehr war die Haut aufgerubbelt. Es waren Einblicke in die menschliche Anatomie, die niemand haben wollte.

Mit beiden Händen gen das Fenster gerichtet, bat er um seine Abholung, doch es geschah nichts. Elvis lag wie zuvor einfach nur da und begann das Husten von Neuem.

„Aber warum? Warum holt ihr mich nicht endlich? Ich bin doch soweit", kam es aus seinem Mund.

Er war so ausgetrocknet, dass ihm nicht mal mehr eine Träne entweichen wollte.

Schluchzend drehte er sich auf den Rücken und starrte an die längst vergilbte Decke.

In seinem Kopf tobte ein Sturm von zusammenhanglosen Szenen, und in seinen Augen machte sich eine Leere breit. Sicher würde bald alles zu Ende sein...

<u>Freiheit</u>

Ich fuhr mit meinem Chevrolet einfach los.
Es konnte nicht sein, dass ich als einziger
die Schuld auf meinen Schultern tragen
sollte. Zu lange hatte ich mir alles angehört,
doch damit war jetzt endgültig Schluss. Mit
einer geübten Handbewegung schaltete ich
das Autoradio ein, um mich in eine andere
Welt zu katapultieren. Rockabilly! Ich
liebte diese Musik. Sie löste dieses Gefühl
von Freiheit in mir aus. Als wandelte ich in
einem wunderschönen Traum, der, solange
die Musik lief, nie zu Ende ging. Mein
rechter Fuß trat das Gaspedal ordentlich
durch. In kürzester Zeit hatte ich die Stadt
verlassen, die zu lange mein Gefängnis war.
Jetzt war ich bereit für das Leben, für all die
Abenteuer, die auf mich warteten, für eine
neue Welt.
„Yeah,yeah,yeah! I'm free, now!!", klang es
in voller Lautstärke aus der Anlage.
Das war der richtige Soundtrack zu
meinem „neuen" Leben.
Ich griff hinter den Beifahrersitz um mir
eine Flasche Bier zu genehmigen.

Irgendwann würde es sicher schief gehen, mit dem Autofahren und dem Trinken. Aber solange alles wie am Schnürchen lief, sollte mir das egal sein. Im Handschuhfach hatte ich noch einen kleinen Vorrat an Zigaretten, die aber rasch aufgebraucht waren.

In letzter Zeit machte ich mir zu viele Gedanken über mein Leben und meine Zukunft; es war nicht fair, dass alle genau wussten, wie das Leben funktionierte und wie die Zukunft auszusehen hatte. Es gab doch kein Rezept für „das perfekte Leben", und ich war doch hoffentlich auch nicht der einzige, der das Rezept nicht bekommen hatte, oder etwa doch?

Natürlich konnte es aber auch sein, dass der Rest der zivilisierten Bevölkerung mir und sich selber eine gewaltige Lüge vorspielte, nur um damit durchzukommen, und am Ende auch noch einen besseren Eindruck zu machen. Wie verlogen musste man sein, um sich und der Welt etwas vor- zulügen, nur um nicht in die Hölle zu kommen? In meinen Augen waren sie alle nur Scheinheilige, die sich schon jetzt einen Platz im Himmel reservieren würden; wenn sie wüssten, wer ihre Reservierungen entgegen- nahm. Es waren definitiv nicht meine Ansichten von dem Leben, was ich in meinem tiefsten Inneren leben wollte. Heiraten, Kinder kriegen lassen, Rasenmähen, Autowaschen, das konnte doch nicht alles sein. Aber jetzt war ich ja frei.

Ich musste bereits seit etlichen Stunden unterwegs gewesen sein, denn meine Tanknadel zeigte bereits „LOW" - und mein Biervorrat ebenfalls. Zum Glück sah ich in der Ferne bereits eine Neon-Schrift leuchten. Die paar Kilometer waren noch zu schaffen, bevor der Wagen stehenblieb. Ich blickte noch einmal in den Rückspiegel, konnte jedoch nichts erkennen. Es war bereits Nacht.

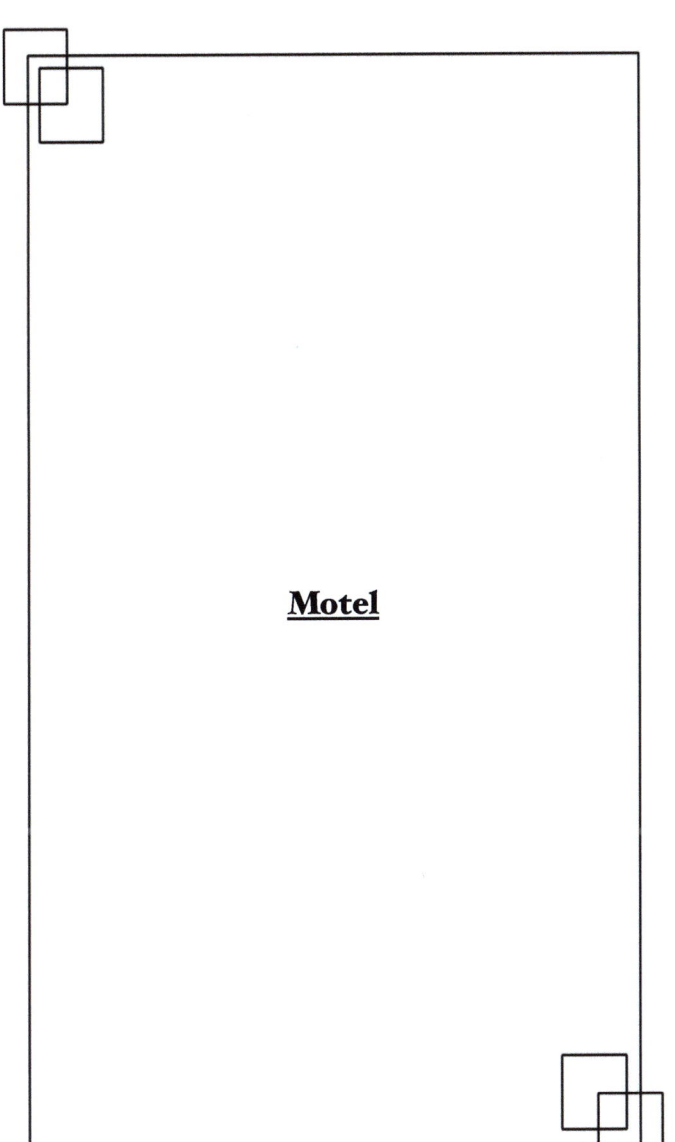

<u>Motel</u>

Der Parkplatz war nicht überfüllt, also schob ich meinen Wagen in eine der Parklücken. Fünfzig Meter zuvor machte der Wagen schlapp. Mir blieb nichts anderes übrig, als den Karren zu schieben. Es wehte mir ein kühler Wind um die Nasenspitze, der mich förmlich zu dem Haus drängte. Mit einem eher unsicheren Gang machte ich mich an die Eingangstür. Sie war auf. Ein unheimliches Gefühl machte sich in mir breit. Niemand war anwesend, an der Rezeption. Die kleine Lampe, die auf dem kniehohen Tischchen stand, war zu schwach, um den ganzen Raum zu erhellen. Sie flackerte unregelmäßig vor sich hin.

„Hallo!? Ist hier jemand?", rief ich mit meiner angetrunkenen Stimme in die Leere. An den Wänden hingen Bilder von Modellen, die ausschauten, als wären sie dem Tod persönlich begegnet.

„Gibt's hier denn kein Personal?"

Die Decke war von einem Netz aus Ketten behangen, deren Glieder vereinzelt

rosteten, oder von Blut befleckt waren. Ich
konnte den genauen Unterschied nicht
erkennen.

„Ähm, sicher. Ich war nur kurz oben ... eine
Bestellung..!"

Die Stimme kam aus den Schatten, ich
hatte die Person nicht an den Tresen
herantreten hören, obwohl sich jeder
meiner Schritte tief in den Holzboden
einzufräsen schien. Sie war hager und ganz
in schwarz. Ihre Lippen waren blutrot und
ihre Haut schien aus weißem Papier.

Umrisse von Flügeln zeichneten sich im
Schatten ihrer an der Wand ab. Ich war
etwas irritiert und fragte direkt nach einer
Schlafmöglichkeit.

„Sind Sie alleine?"

„Ja, ich habe keinen Sprit mehr, und es ist
recht spät, deshalb hatte ich vor, die Nacht
hierzubleiben."

Mit aufblitzenden Augen und einem
Lächeln im Gesicht übergab sie mir einen
Schlüssel.

„Hier, das ist der Zimmerschlüssel. Ich

hoffe, Sie werden eine ruhige Nacht haben. Wenn Sie etwas essen oder trinken wollen, dann können sie sich in der Küche etwas machen."

„Wie - machen? Alleine? In einer fremden Küche?"

„Natürlich. Wir sind hier nicht so, wir vertrauen unseren Kunden; und die kommen auch gerne öfter hier vorbei." Etwas verdutzt, aber dennoch sehr dankbar, nahm ich den Schlüssel entgegen. Dann führte sie mich zu dem Flur und eine lange gerade Holztreppe hinauf. Es roch etwas muffig in diesem Haus, so feucht wie die Luft in alten Gemäuern. Mir drehte sich der Magen um. Die Kotze spritzte der schwarz- gekleideten Person gegen das lange Lackkleid. Die Brocken fielen auf die unteren Treppenstufen. Ich reagierte mal wieder zu langsam, um die Hände rechtzeitig an den Mund zu pressen. Alles kam in einem gewaltigen Schwall. Völlig überrascht schaute sie mich mit scheinbar glühenden Augen zornig an. Mein Herz schien stehenzubleiben. Ich fühlte die eisigen Klauen einer unwirklichen Kreatur. Mein Hals verengte sich und ich beendete die Magenleerung.

„Das fängt ja gut an. Kaum auf der Treppe, und schon geht die Sauerei los", sie schien sich rasch wieder beruhigt zu haben.

„Ich mach' das gleich weg, versprochen. Das muss wohl vom vielen Bier kommen, oder so. So etwas ist mir noch nie passiert." Mit ein paar raschen Handbewegungen säuberte ich ihr Kleid und die Treppe. Alles schien sich um mich herum zu drehen. Die Wände bildeten plötzlich eine Art Spirale, die dann zu einem Tunnel wurde, während sich die Treppe unter meinen Füßen zu drehen begann, und die Decke mir die Haare vom Kopf zu reißen versuchte. Mein Fall war vorprogrammiert. Doch noch während ich kippte, spürte ich die kalten Hände der unheimlichen Rezeptionsdame, die mich vor dem Absturz bewahrten.

„Kommen Sie schon! Ich hab noch anderes zu tun."

Meine Augen fokussierten die Umgebung erneut, und alles schien wieder beim Alten zu sein.

Nachdem sie meine Zimmertür aufgeschlossen hatte, verabschiedete sie sich wieder, denn sie hatte ja noch etwas zu tun.

„Wenn sie meine Hilfe brauchen, dann rufen sie einfach >Pemire< auf den Flur hinaus, und ich werde für Sie da sein."

„Ist okay. Ich werde versuchen, jetzt zu schlafen."

Die Tür fiel ins Schloss, es begann Stille. Das Zimmer bot nicht viel. Nur ein Bett, das so aussah, als würde es bereits über dreißig Jahre hier stehen; und eine winzige Kommode daneben, die ebenfalls so alt und verbraucht war.

Ich hatte gerade noch die Kraft, mir die Schuhe auszuziehen
und mich auf das Bett zu schmeißen. Meine Augen wollten jedoch noch keinen Schlaf, sie wollten das Spektakel, was sich ihnen jetzt darbot, nicht versäumen. Die wenigen

Farben, die dieses Zimmer mir entgegen-
strahlte, verblassten innerhalb weniger
Sekunden. Der Strudel der Zeit öffnete sich
an meinem Fußende. Es wirbelte ein
heftiger Sturm inmitten meines Zimmers,
der mir Bilder der Vergangenheit
entgegenschleuderte. Bilder von Feuer,
Dreck, Kriegen und Tod. Abscheuliche
Gestalten die sich nicht im klaren darüber
waren, ob sie nun real oder surreal waren.
Alles schleuderte vor meinen Augen durch
die Luft. Mein Herz klopfte so laut, dass
ich Angst bekam, es könne jeden Moment
aussetzten. Der kalte Schweiß auf meiner
Stirn verriet die Panik in mir.
„Was zur Hölle...?!", wich es aus meinem
Mund.
Die kreideweißen Wände zerfielen zu
Staub, als hätte sich der Vorhang in einem
Theater des Schreckens gelüftet. Tausende
zerschlagener Leiber tanzten rings um mich
herum. Es wurde verdammt laut. Alle
schienen mich an- zuschreien oder mir
etwas zu zurufen, doch ich verstand sie

nicht. Mein Kopf wollte es nicht begreifen, einfach nur vermeiden, sie anzustarren, doch ich hatte keine Kontrolle mehr über meine Augen und Gedanken. Sie hatten mich. Ich war ein Sklave des Geschehens. Die Folter ging weiter. Der Strudel am Bettende schien die tanzende Gesellschaft zu sein, und die verkommenen Seelen aus den Wänden waren der Chor, zu dem getanzt wurde. Diese verzerrten Gesichter, diese Blicke, und dann noch dieses Gebrüll. Oh, Gott! Es war nicht mehr auszuhalten. Ich wollte nur noch hier weg.

Mit aller Kraft versuchte ich mich von meinem Bett zu lösen, doch es war vergebens, mein Körper ließ sich nicht einen Millimeter bewegen. Gelähmt lag ich da und ließ es über mich ergehen.

Die Glocken des Wahnsinns spielten ihre Melodie, die kein Ende mehr nahm. „E-l-v-i-s!", drang es in meinen Kopf. Ein stechender Schmerz, zugleich lieblich und sanft. Jemand kannte meinen Namen. Doch ich konnte kein mir bekanntes Gesicht erkennen. Verwirrt blickte ich ins Chaos, und so sehr ich mich anstrengte, jemanden zu erkennen, konnte ich rein gar nichts sehen. Der Strudel der Zeit hatte seinen Chor mit ins Jenseits gerissen. Übrig blieb ein Hauch von Nichts. Völlig erschöpft, wusch ich mir über die verschwitzte Stirn. Die Poren absorbierten eine Menge Flüssigkeit, jedoch war es kein gewöhnlicher Schweiß. Es war Blut. Vor lauter Gehirnkrämpfen transpirierte ich mein eigenes Blut. Ich wurde wahnsinnig. Das ganze Kopfkissen war rot gefärbt. Panik machte wieder die Runde, bis ich vor lauter Unruhe den Blick gen Decke richtete und bemerkte, dass die rote Flüssigkeit nicht von mir, sondern von der Decke aus auf meinen Kopf nieder sprenkelte. Mit einem Ruck sprang ich aus dem Bett, um nicht noch mehr von dem Blut abzubekommen. Jemand musste direkt über meinem Zimmer ausgeblutet sein, denn der Fleck an der Decke war nicht gerade klein. Blutverschmiert lief ich aus meinem

Zimmer, um der Sache auf den Grund zu gehen. Da hörte ich inmitten des Flures diese unheimlichen Glockenschläge wieder. Es gab keine Kirche in der Nähe, wovon die Melodie kommen konnte. Also musste sich doch alles hier in diesem Haus abspielen. In meinem Ansturm von Verzweiflung und Angst suchte ich die Treppe, die mich eine Etage höher leiten sollte. So lief ich und lief ich orientierungslos durch den spärlich beleuchteten Flur, ohne jeglichen Erfolg. Der Gang wurde immer länger und immer dunkler. Die Wände rückten immer näher zusammen, so dass ich das Ende dieser Röhre niemals hätte erreichen können. Ich blieb stehen. Die Melodie war nicht mehr zu hören. Nur mein Herz pochte so laut, dass es im Kopf schmerzte.

Meine Knie ließen mich nach unten sinken, sie waren zu müde und zu schwach um meinen Körper noch länger zu tragen.

„Ich halt das nicht mehr aus. Irgendjemand muss doch was tun. Was ist hier los? Pemire?"

<u>Der Geiger mit der Schweinemaske</u>

Mit etwas Entzückendem war er kaum zu beeindrucken. Sein vernarbtes Gesicht sprach für eine Reihe von unglücklichen Vorfällen. Die einzige Leidenschaft, die in ihm ein Feuer entfachen konnte, war das Spielen auf seiner Geige. Mit wirren Melodien katapultierte er sich in eine Welt, die vor ihm noch kein anderer betreten hatte. Sein Geist wurde durch die Klänge gelöst, und es schien, als steige jedes Mal Rauch auf, wenn sein Spiel den Geist auf die Reise schickte.

Er lebte unterhalb vom Holz, was ihm einen gewissen Schutz bot. Die Balken waren sehr alt und marode, genau wie sein Knochenbau. Jedesmal, wenn er sich in seinem Zimmer bewegte, bekam er Angst, dass seine Wirbelsäule nachgeben könnte und er in der Mitte entzweit würde. Das war einer der Gründe, warum er sich selten aus seiner Höhle traute. Lieber ließ er seinen Geist entfliehen.

Auf das ranzige Tischchen, das neben seinem Fenster stand, hatte er einige

Nadeln gelegt, die er sich nach und nach in seine Haut einbohrte. Die Haut wich stets den Spitzen der Nadeln aus. Sie war es gewohnt, von seinem Besteck malträtiert zu werden. Er hatte einst die Stimme sagen hören, dass es für ihn gut sei, sich die Nadeln ins Fleisch zu stoßen. Damit würde ein Teil seines Körpers vom Leid befreit, und es sei leichter für den Geist, auf die Reise zu gehen. Seitdem hielt er sich an diese Vorgabe. Die scharfe Spitze der Nadel drang in ihn ein und teilte seine Haut am unteren Brustbein. Dann die nächste. Er wiederholte diese Prozedur so lange, bis alle dreiunddreißig Spitzen einen sicheren Halt in seinem Oberkörper gefunden hatten. Langsam wurde er locker, setzte sich auf seinen Hocker in die Ecke und begann die Saiten seiner Geige zu bespielen. Völlig entspannt summte er mit der Melodie. Blut tropfte von seiner Brust auf den Boden und bildete eine kleine rote Pfütze direkt neben seinen Füßen. Tröpfchenweise besprenkelte es seine nackten ungewaschenen Füße.

Er war in Trance.

Wie ein Hefeteig ging der Geiger immer weiter auf, und schien sich dabei selber auseinander zu reißen. Er teilte sich von seiner selbst. Immer weiter platzte die Haut von seinem Körper auf. Riesige Risse rissen reihenweise immer weiter an ihm entlang. Doch die Melodie blieb.

Blut schoss in einem Schwall den Hocker hinunter und bedeckte den Boden nun völlig. Solange er spielte, spürte er nichts. In doppelter Ausführung war er nun anwesend, bereit für den Weg, den er noch vor sich hatte.

Die Tür im Erdgeschoss führte direkt zum Garten, der links und rechts von Hecken geschützt lag. Rosensträucher zierten den Türrahmen, wo die Neugeburt des Geigers sich nun durch- quetschte. Er hinterließ überall dort, wo er andockte, eine schleimige Spur. Völlig wirr schlenderte er an den Hecken entlang, bis er an einem vermoosten Häuschen haltmachte. Die

Hütte, die nur durch einzelne Bretter gehalten wurde, war ein mit Kot überfüllter Schweinestall. Es tummelten sich vier dicke, fette, von Exkrementen gezierte Schweine auf einer Fläche von nicht mal drei Quadratmetern, und es stank bestialisch. Vor der Schweinefläche befanden sich diverse Werkzeuge, die völlig unübersichtlich in alle Himmelsrichtungen verstreut lagen.

„Na, ihr kleinen fetten Schweine. Wie geht es uns denn heute?"

Er strich mit seinen schleimigen Händen den Rücken eines Ebers entlang, bis hin zu dessen Hoden. Diese nahm er in seine Faust und presste sie für nur eine Sekunde fest zusammen.

„Ha, ha! Das scheint dir wohl zu gefallen was?", sabberte er das Tier an, das quiekend vor Schmerz zu flüchten versuchte. Triumphierend hob er seine Arme in die Luft und schrie: „Ich bin der Herr der stinkenden Schweine!", schnappte sich den Vorschlaghammer und schlug auf die Tiere ein. Das Gemetzel nahm seinen Lauf. Haut- und Fleischfetzen flogen so lange durch die Luft, bis es still wurde. Dann packte er ein zermatschtes Tier am Ohr und zog es hinter sich her, auf sein Zimmer.

„Die Fütterung ist beendet", schnaufte er, als er das mit Musik erfüllte Zimmer betrat. Das Blut war an der Haut des Geigers geronnen, somit beendete er das Spielen und wurde wieder eins mit sich. Es wurde Zeit, die Nadeln wieder abzulegen, und sich um das neue Gesicht zu kümmern.

Mit größter Sorgfalt trennte er den breiigen Hinterleib von dem Schweinekopf, um anschließend das Gesicht von dessen Schädel zu schälen. Mit gekonnten Schnitten ging alles so einfach und schnell. Im Nu hatte der Geiger ein neues Gesicht gezaubert. Jetzt konnte er sich endlich wieder nach draußen trauen. Der Wahnsinn war ihm in den Augen abzulesen, und nur noch die Tore der Hölle konnten ihn jetzt von der Außenwelt fern halten. Aber sie taten es nicht.

Mit Metzger-Händen öffnete er langsam die Tür seiner Bleibe. Ein knartschendes Geräusch entwich den Scharnieren. Die blanken Füße schlichen langsam die Treppen vom Dachboden hinab. In der linken Hand hielt er, fest umklammert, seine Geige.

„Was zum Teufel sollen die Blitze bedeuten? Waren die immer schon hier?", schnaufte der Geiger vor sich hin.

Neon-Blitze erhellten den dunklen Flur, auf dem sich eine kleine Gestalt in nicht all zu weiter Entfernung erahnen ließ. Völlig verwundert verweilte er für den Bruchteil einer Sekunde und starrte in den zuckenden Gang.

„Meine Geige! Es ist meine Geige! Du wirst sie nicht bekommen!!", schrie er der Gestalt entgegen.

„Scher dich weg, oder ich werde dich Vergangenheit sein lassen!", mit diesen Worten beendete er seine Wut-Attacke und legte sich seine Geige unter das Kinn zum Spielen an.

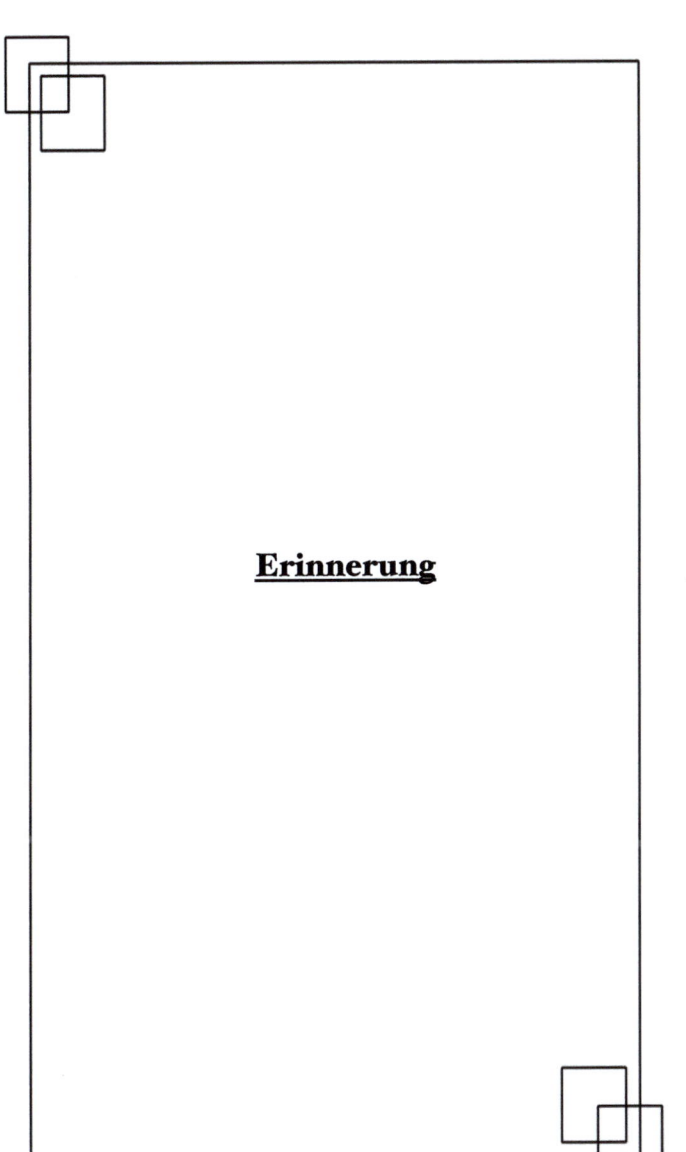

<u>Erinnerung</u>

Meine Kindheit verlief paradiesisch. Alles war warm und so weich. Meine Mutter hatte stets ihre schützenden Hände an mir. Sobald sich Gefahr bemerkbar machte, reagierte sie wie eine Wölfin, die ihr Junges verteidigt. Das Gefühl von Schutz und Wärme war mir in dieser Zeit extrem nahe. Näher noch als irgendetwas anderes auf dieser Welt. Es herrschte ein wundervoller Friede um mich herum. Alles ähnelte einem Traum. Wie Seifenblasen und Meeresrauschen. Wie Zuckerwatte und Lollis. Wie Schmetterlinge in warmen Sonnenstrahlen. Wie die Gedanken eines Einhorns. Und ich erinnere mich dennoch. Schließlich kam der Tag, an dem ich die Welt mit eigenen Augen sehen sollte. Es war mir unheimlich. Ich erinnere mich zu gut daran, dass ich frappant geblendet wurde. Unter schmerzverzerrtem Gesicht und mit Tränen in den Augen, weigerte ich mich lauthals dagegen, eigene Schritte zu tun. In meinem Kopf sprach diese Stimme, die mir immerzu sagte, ich sei ein

Geschenk für diesen Planeten und eine
Bereicherung für die Menschheit. Dann
schlug ich mir selber feste vor den Kopf, um
diese Wörter wieder loszuwerden. Zurück.
Ich wollte einfach nur zurück. Doch
drängte mich meine Mutter früh raus,
damit ich als Vorzeigeexemplar herhalten
konnte. Für mich war es der Rauswurf aus
dem Paradies. Ähnlich muss es Adam und
Eva ergangen sein, als sie bemerkten, dass
sie kalte Füße bekamen.

Nachts kommen mir diese Gedanken
öfters. Ich blende den Rest der Welt
einfach aus und denke über meine Kindheit
nach. Neben all den schönen Kleinigkeiten,
die mich stets auf meinem Weg begleitet
haben, quälten mich diese Gedanken über
die schonungslosen Teufeleien immerzu.
Fetzen von Gedanken durchströmten dann
immer mein Gehirn. Als würde es unter
meiner Schädeldecke besonders heiß
werden. Meine Augen flackerten dann
rhythmisch von links nach rechts, und von

oben nach unten. Das verläuft eine ganze Weile so, bis ich klare Bilder vor meinem geistigen Auge erkennen kann. Es handelte sich hierbei um gestochen scharfe Detailaufnahmen, wie man sie nur mit Hilfe eines Teleobjektives hinbekommen würde.

Meine Hände sind in meinen Gedanken mit Nähnadeln durchstochen, ebenso mein Oberkörper. Ich sehe dann die Fäden weißen Garns durch die vorgestochenen Löcher gleiten und vereinzelt Bluttropfen den Faden herunter perlen. Ich nähe mich selbst. Die scharfen Spitzen der Nadeln ähneln den Pfeilen, mit denen ich als Kind im Wald Indianer gespielt habe. Genau so einen Pfeil hatte der kleine David damals durch den Kopf geschossen bekommen. Es war nicht meine Absicht, ich wollte ihn nicht töten. Alles ging so schnell vorbei, eben wie meine Kindheit.

Wenn ich daran denke, kommen mir die Tränen. Zum Glück bin ich in meinem Auto, meinem guten alten Chevrolet, hier kann mich keiner sehen und dafür auslachen, wie ich da- sitze und anfange, über meine eigenen Gedanken zu weinen. Immer wird mit dem Finger auf einen gezeigt. Schaut her, Elvis heult wieder! Oh, armer kleiner Elvis, hast du wieder Kaka in die Hose gemacht? Du bist ja ein richtiges Mädchen. Nur Mädchen weinen! Elvis ist ein Mädchen!

Ich hasse diese Gedanken, ich hasse die Menschen. Engstirnigkeit ist ein Laster, welches vielen Menschen auf diesem Planeten nicht von der „guten" Fee mit in die Wiege gelegt wurde. Derartig beschränkte Wesen trifft man überall. Dabei ist es völlig irrelevant, auf welchem Kontinent man sich befindet.

Dann denke ich mir immer, was hatte die Stimme damals damit gemeint, als sie mich aufforderte, selbstständig zu werden und meine Mutter zu verlassen? Ich, das Geschenk an die Menschheit? Wofür das alles? Ich treffe auf Menschen, die ständig versuchen, ein mehr oder minder schlecht improvisiertes Theaterstück abzuliefern, ohne dass sie wissen, dass man sie längst durchschaut hat. Jeder versucht jedem irgendetwas vorzumachen, ohne Rücksicht auf Verluste zu nehmen. Es ist teilweise wie im Krieg. Psychologischer Weltkrieg. Alles unter dem Deckmantel der „Freundschaft" oder der „Selbstbehauptung", oder was weiß ich. Stolz? Vielleicht auch das. Ein weiterer Grund von mir, diesen Lebewesen aus dem Weg zu gehen, in der Hoffnung, irgendwann netten- und vor allem: ehrlichen- zu begegnen.

Die illusorisch vor mir tanzenden Bilder meiner Selbst bringen mich wieder zurück zu mir. Tief in meinem Autositz versinkend, schnellen Bruchstücke meiner Erinnerungen an mich heran. Tannennadeln, Lichterketten und Christschmuck zieren unseren Baum. Ich sitze darunter und reiße mich selbst in Stücke. Es ist nicht das Fest, was ich mir ausgesucht habe, ebenso wenig diese Geschenke. Dann reiße ich den Stern, der oben auf der Spitze steckt vom Baum herunter und kippe mit dem „heiligen Baum" auf das Sofa. Es ist zum kotzen. Tannennadeln piken mich in die Wangen, das ist das einzige, was mir in positiver Erinnerung bleibt.

Alles andere verdränge ich.

Mit den Jahren kommt die Reife, so sagt man. Leider kann ich davon noch immer nichts spüren. Mit sechzehn habe ich mich mit „Freunden" zum trinken getroffen. Alles ganz heimlich, da meine Eltern mich sonst wahrscheinlich umgebracht hätten, wäre es je heraus gekommen. Wir trafen uns hinter einer alten, leerstehenden Tankstelle und tranken Whisky. Wir fingen früh morgens damit an, damit wir abends, einigermaßen gerade, wieder nach Hause, „todmüde" ins Bett kippen konnten.

Danny, Marc und ich, wir waren hochgradig alkoholisiert und durch den Whisky völlig betäubt.

„Waaas isss dass eigend-dlisch für ei-ne Stangeee?", fragte uns Danny, der sich schwankend zum Boden bewegte.

„Klasseeee. Damit kann man bestimmt waaas zerschlaagen, was meint ihr?"

„Das ist toll, du Spinner. Gib mir mal die Scheiße und ich zerschlag dein Gesicht."

„Was soll der Scheiß? Lass dasss, de-er hat do-och nichts gemacht. Sezz dich wieder hi-ier hin, man."

In wenigen Sekunden stieg bei Marc der Puls, sodass er alles hätte zerschmettern können. Immer musste er irgendetwas beweisen. Tragischerweise ging es meistens auf die Kosten anderer Leute. Danny schmiss die Stange auf das Dach der Tankstelle, damit Marc damit keinen Mist veranstalten konnte.

„Hey, warum gibs' du mir nicht die äh Stange? Penner!"

Mir war schlecht von dem Whisky. Wir hatten die Flasche zügig ausgetrunken. Ein Wunder, das wir nicht alle drei direkt mit einer Alkoholvergiftung umgekippt sind. Langsam wurde es mir zu blöd, dem Streit, der eigentlich kein richtiger war, zuzuhören. Auf mich wollte Marc nicht hören, und vor Wut ließ er sich von niemandem davon abbringen, Danny weiter zu bedrängen.

„Waas soll das!?", schrie ich ihn an. „Lass Danny in Ruhe und setz dich wieder hin!"

„Was willst du-u denn jez' von mi-ir?"

Marc schlenderte auf mich zu, um mir eine zu verpassen. Er traf auch. Mitten auf meine Nase. Es schmerzte so sehr, dass ich mich entfernte; und damit sie meine Tränen nicht erblickten. Der Gedanke, der mir damals durch den Kopf ging, ist noch heute sehr präsent: Warum schlagen Freunde Freunde? Ist das die Definition von Freundschaft? Wenn das so ist, dann will ich keine Freunde mehr haben. Es war ein schlimmer Moment. Marc, der Streitlustige, der immer nur Ärger gemacht hat; egal, um was es ging. Danny, der eigentlich ein netter, passiver Kerl war, tat mir etwas leid, da er stets von einem Fettnäpfen ins nächste trat. Mein Blick wanderte wieder zu den beiden.

Marc schlug auf einmal vor Wut die Scheibe der alten Tankstelle mit der Faust ein, und schnitt sich dabei fast den Arm ab. Das Blut strömte nur so aus ihm raus. Danny bekam es mit der Angst zu tun und lief schnell weg. Wir haben ihn seitdem auch nicht mehr gesehen. Später erzählte man sich im Ort, dass er sich mit trockenem Reis selber zum Platzen gebracht hatte. Ich musste Marc helfen. Konnte allerdings keinen richtig klaren Gedanken fassen. Der Alkohol hatte mich Willen-frei gemacht, obschon ich den Schlag auf die Nase sehr real gespürt habe. Dann griff ich nach diesem ölverschmierten Lappen, der dort auf dem Boden lag, und wickelte ihn feste um die blutende Stelle, bis ich aus meiner Jackentasche mein Urlaubsnähset befreit hatte. Was blieb mir anderes übrig, als diese weit aufgeklaffte Wunde selber zu nähen? Ohne lange zu überlegen, stach ich Marc durch sein Fleisch und versuchte, es so schnell wie nur möglich hinter uns zu bringen. Meiner Meinung nach dauerte es

nicht all zu lange, so dass ich ein gutes
Gefühl dabei hatte, meinem „Freund" zu
helfen und ihn vor seinem Tod zu
bewahren.

Seine Eltern haben es nie bemerkt, dass ihr
Sohn beinahe den Arm verloren hätte. Sie
hätten es wahrscheinlich auch nicht
bemerkt, wenn ihr Sohn in kleinen Brocken
nach Hause geliefert worden wäre.

Kopflose Geschöpfe.

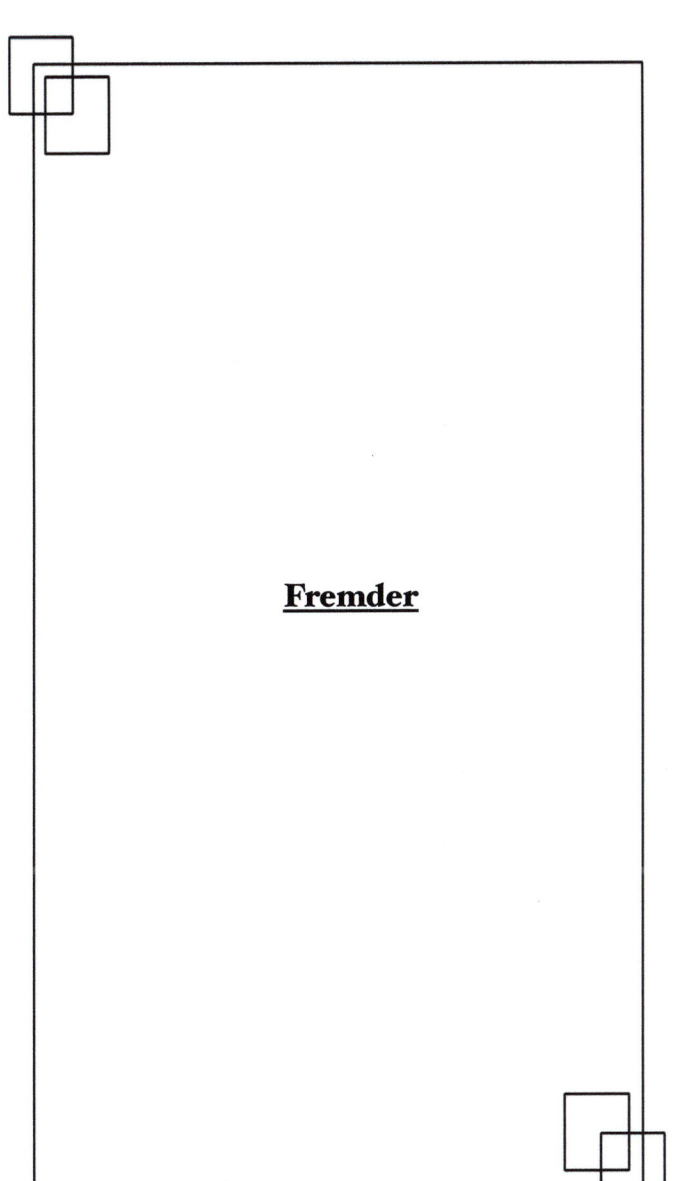

<u>Fremder</u>

Wenn der Supermarkt an der Straße geöffnet hat, werde ich mir etwas zu essen holen. Mein Hunger ist groß. Ich kann meinen Magen knurren hören, ohne dass ich mein Ohr direkt auf ihn lege. Das habe ich früher gerne gemacht, doch heute ist dafür keine Zeit mehr.

Absoluter Glückstag. Der Laden hat auf. Also halte ich direkt im Eingangsbereich an und laufe in ihn herein. Das Sortiment ist gut aufgestellt. Ich kann mich gar nicht entscheiden, was ich mir holen soll. Etwas Brot? Aber das sind zu viele Kohlenhydrate. Käse? Das ist zu fettig. Milch? Blähungen. Fleisch? Sieht nicht sehr frisch aus. Nudeln? Ich habe keinen Herd zum Kochen. Und so stehe ich in diesem gut sortierten Supermarkt und weiß nicht, was ich hier soll. Frustriert gehe ich zur Kasse und nehme mir eine Stange Zigaretten aus dem Zigarettenschrank. Es ist dermaßen tödlich zu rauchen, dass ich es nicht abwarten kann, im grauen Dunst unterzugehen. Dabei sticht mir dieses Whiskey-Regal ins

Auge. Zwei Flaschen sollten erstmal reichen. Vielleicht treffe ich unterwegs auf einen Bioladen, der kalorienarme Kost verkauft.

Die Straße nimmt kein Ende.

„Ich habe meine Zigaretten schon fast auf. Aber wenn ich langsamer rauche, dann schaffe ich es noch, den Rest über diesen Tag zu strecken", sagte ich mir lauthals in den Rückspiegel, um sicherzugehen, dass ich auch wirklich zuhöre. Damals habe ich Menschen getroffen, die mich öfter gefragt haben, ob ich mir selber auch beim Reden zuhöre. Daran habe ich sofort gemerkt, dass sie mir nicht folgen konnten, vielleicht aus Mangel an Phantasie oder Intellekt. Ich zeig mir die Zähne und lächele mich an, bevor ich wieder das Gaspedal durchtrete. Nachts kann ich immer schneller fahren, doch meistens schlafe ich dann schon. Die Morgensonne scheint mir ins Gesicht, und ich fahre die einzige Straße weit und breit entlang. Ich bin alleine. Die Strommasten, denen ich hin und wieder

begegne, ziehen nur so an mir vorbei. Staub
weht mir um die Nase. Ich bin nicht mehr
zu stoppen. Ich trete voll auf die Bremse.
Mit quietschenden Reifen bleibt mein
Wagen nach einigen Metern stehen. Qualm
steigt auf, als hätte mein Wagen Feuer
gefangen. Am Straßenrand steht eine
Person, die ihren Daumen in meine
Fahrtrichtung gestreckt hat. Mit dem
Rückwärtsgang fahre ich zu ihr vor.
„Wo soll's denn hingehen?", frage ich sie.
„Da lang."
„Ok, ich fahre auch in diese Richtung. Steig
ein, wir haben keine Zeit zu verlieren."
Sie hat meinen Kopf verdreht. Ihr Kleid
hat zu viele Fransen. Es ähnelt dem einer
Indianerin, die von einem Truck überfahren
wurde. Meine Augen fokussierten sich neu,
und ich richte sie wieder auf die Straße.
„Schönes Kleid", sage ich nach einer Weile.
„Danke. Ich habe es auf der Straße
gefunden, und dachte mir, es ist besser
dieses anzuziehen, als ohne Kleidung hier
herumzulaufen".

„Ja, das stimmt wahrscheinlich. Ich bin Elvis, wie heißt du?"

Im selben Augenblick springt sie aus meinem Auto. Im Außenspiegel kann ich noch sehen, wie sie den Abhang rechts neben der Straße herunter rollt, bis sie schließlich über die Felsklippen stürzt.

So etwas Fremdes habe ich selten erlebt. Es wird immer heißer. Die Mittagssonne scheint mir ins Gesicht. Ich fahre und fahre und fahre. Mein T-Shirt habe ich bereits ausgezogen. Der Schweiß sammelt sich in meinem Bauchnabel, bis er dann weiter nach unten läuft. Sonnenstrahlen reflektieren in meinem Schweiß und blenden mich zunehmend. Im Handschuhfach suche ich nach meiner Sonnenbrille. Leider habe ich sie nicht dabei.

Mit einem großen Schluck aus der zweiten Whiskey-Flasche läute ich die zweite Tageshälfte ein. „Alkohol am Steuer, das macht man nicht. Hat deine Mutter dir das nicht beigebracht?", frage ich mich. „Doch

schon, aber hier ist nur eine einzige
Menschenseele unterwegs, und das bin ich
selber. Die Straße hat rechts und links
Gummiwände, so dass es bei einer
möglichen Kollision mit den Außenwänden
zu keinerlei Verletzungen kommen kann."
Das stimmte so.
Ich halte an. Ich muss mal. Ich bewege
mich aus meinem Auto. Ich fühle Freiheit.
Dieses deutliche Gefühl, glücklich zu sein
und ursprünglicher Ungerechtigkeiten den
Rücken zuzukehren. Fantastisch.
Das Toilettenhäuschen sieht nicht sehr
einladend aus. Die transparente Landschaft
und dieses Häuschen. Ein Bild, das ich
selber nicht hätte besser malen können.
Der Whiskey drängt sich aus mir heraus. Es
scheint so, als würde er mir zurufen:
Endlich Freiheit! Nein, es ist kein Traum, er
ruft mir tatsächlich etwas zu...
„Hey du!"
„Hmm?"
Der Schatten einer fremden Person
bedeckt die matten Fliesen, die sich vor mir

befinden.

„Was willst du von mir?", frage ich ihn.

„Du hast eine geile Maschine. Gefällt mir."

Meine Gedanken versuchen die Worte zu ordnen, ohne eine unanständige Absicht heraus zu filtern.

„Und?", schrie ich ihn an.

„Würde ich gerne mal auf Hochtouren bringen, wenn du nichts dagegen hast."

„Hmm!?"

„Was meinst du?", flüstert er mir zärtlich in mein Ohr. Ich spüre seinen muskulösen Oberkörper an meinem Rücken. Seine Hände greifen dabei an meine Gürtelschnalle. Ich habe meinen Gürtel bereits geschlossen. Doch will der Fremde ihn mir wieder öffnen, ohne mich vorher zu fragen.

„He, werter Herr, was soll das werden?", frage ich ihn höflich.

Er antwortet mir nicht mehr. Ich beiße ihm seine Zunge ab, als er versucht, sie mir in mein Ohr zu schieben. Mit einem gezielten Tritt befördere ich ihn raus ins Freie. Mit unendlicher Wucht boxe ich durch seinen Brustkorb hindurch, dabei verliere ich beinahe meinen Ring. Völlig entrüstet wirbele ich den leblosen Körper über meinem Kopf umher, bis ich ihn gegen das Toilettenhäuschen zerschellen lasse.

Ich bin sauber. Mir ist nichts passiert, und außer ein paar Schweißperlen mehr, habe ich nichts abbekommen. Im Hintergrund, so denke ich, triefen die Eingeweide des Fremden an der Hauswand herunter. Dem ist allerdings nicht so. Der Fremde muss geflohen sein. Keine Spur ist mehr von ihm übrig.

Die Sonne blendete mich noch immer, als ich, mit den Achseln zuckend, in mein Auto steige und weiterfahre.

<u>Verbindung</u>

Weniger als fünf Stunden schlafe ich pro Nacht. Das habe ich selber mit mir vereinbart, damit ich etwas mehr vom Tag habe. Während alle schlafen, stehe ich auf, gehe raus und denke mir, was die Menschen jetzt wohl alle träumen ... dann versuche ich mir vorzustellen, was das sein könnte. Mache mir Notizen dazu oder zeichne meine Vorstellung in einen Block. An seltenen Tagen kann ich mich nicht zurückhalten und schließe meine Augen, da ich besonders extensiv visualisiert habe. Dann kommt mir immer wieder dieser Traum. Egal woran oder worüber ich nachgedacht habe, immer wieder verfolgt mich dieser Traum. Bereits als Kind wurde ich von ihm heimgesucht. Mit zunehmendem Alter vermutete ich bereits, ich litt unter Eintönigkeit. Zurecht, zurecht.

Unter Zuhilfenahme von Gerüchen, meist aus der Küche, verhalf ich mir, meine Träume zu manipulieren. Curry war ein sehr geeignetes Gewürz. Da es nun kein eigenständiges Gewürz ist, sondern lediglich eine Mischung aus verschiedenen, sorgte es daher während meiner Traumphase für mehr Abwechslung. In schlechteren Zeiten versuchte ich es mit getrocknetem Knoblauch oder Rosmarin, was ich mir auf das Kopfkissen streute. Dann kam aber wieder diese Melodie, wo mir bereits im Traum klar wurde, dass das Gewürz nicht viel gebracht hat. Sobald die Töne erklangen, folgte das Blut. Es tropfte von allen Seiten auf mich ein. Ohne dass ich erkennen konnte, woher es genau kam. Mit gekonnten Griffen und flinken Fingern, sah ich mich Geige spielen. Es war ein schönes Instrument. Sehr elegant und schnittig im Design. Ebenso der Geigenbogen, der schwungvoll und fast sportlich vor und zurück schnellte. So sehr ich es mir gewünscht hätte aufzuwachen, diese Melodie zog mich in ihren Bann. Voller Hingabe verzehrte ich mich selber und spielte mich bis zur völligen Erschöpfung in Ekstase.

Derweil liege ich in meinem Auto, bin betrunken und schaue mir das Leben aus den Fenstern an. So ungefähr muss das Leben für die Gaffer zu Hause sein, die immer ihre Nachbarschaft beobachten. Nur weil sie selber kein Leben haben oder nicht wissen, etwas damit anzufangen, suchen sie Opfer durch ihre Fenster, um sie wie bei der Hexenverbrennung schließlich an den Pranger zu stellen und stolz in dem Ort vorzuführen. Versetzt man sich mal in die Lage dieser armen Kreaturen, so kann man nur noch Mitleid mit ihnen empfinden. Aber keinen Hass.

„Elvis. Du hast es geschafft. Du hast es geschafft. Du hast es geschafft....!"

„Was denn? Wer spricht da?"

„Elvis. Du hast es geschafft. Du hast es geschafft. Du hast es geschafft...!"

„Ja. Was habe ich denn geschafft? Ich bin müde und will jetzt schlafen. Wer bist du?"

„Elvis. Ich habe dich erschaffen. Du hast es geschafft. Es ist bald geschafft, was zu erschaffen es galt."

„Scheiße, was soll der Blödsinn? Lass mich in Ruhe schlafen und nerve mich nicht!"

„Elvis. Du bist der wahre König!"

„Ok, dann lass mich jetzt. Ich bin spät dran."

Die leidende Stimme wurde immer klarer und leiser. Sie versickerte im Nichts. Frohgemut schlief ich ein.

Meine Füße waren feucht. Meine Hände bewegten sich. Der Schlaf raubte mir meine Energie. Mit gefletschten Zähnen entriss sich mein Geist von meinem Körper, um durch die Nacht zu entfliehen. Während diese Melodie mich schlafen ließ.

<u>Rendezvous</u>

Im Fernseher läuft eine Sendung. Ich schaue sie mir nicht an. Fernseher rauben uns kostbare Kraft und verbrauchen zudem Strom, den wir nur mit großen Aufwendungen bezahlen können.

Heute ist mein 18. Geburtstag. Ich habe alle meine „Freunde" eingeladen, doch es kommt keiner. Das Telefon bleibt heute auch still. Bis zum Einbruch der Dunkelheit denke ich darüber nach, ob sie vielleicht eine geheime Geburtstagsparty für mich geplant haben. Nein, das haben sie nicht.

Meine Mutter hat einen Kuchen gebacken, den mein Vater bereits am Morgen aufgegessen hatte. Meine Mutter ist untröstlich und schließt sich für den Rest des Tages im Keller ein. Sie ist so verschämt über den unverschämten Vater, dass sie mir nicht mehr in die Augen schauen möchte. Nicht für diesen Tag. Später hat mir mein Vater erzählt, wie gut ihm der Kuchen von Mutter geschmeckt hat.

Er ist nicht mein richtiger Vater. Mutter hatte ihn vor einiger Zeit vor seinem

Selbstmord bewahrt, als sie ihn von der Brücke mit nach Hause genommen hatte. Ich habe das alles nicht verstanden und auch nicht weiter danach gefragt. Jetzt nenne ich ihn Vater, damit er denkt, er sei willkommen. Ich mag ihn nicht.

„Elvili!", ruft er mich ständig und denkt, ich sei sein Diener.

„Hol mir ein Bier! Hol mir was zu essen, aber kein Gemüse! Repariere den Ofen! Putz das Auto! Räume den Keller auf!" und so weiter. Fortwährend schikaniert er mich. Er ist böse.

Mein 18. Geburtstag ist in einer Stunde um, und niemand meldet sich. Sie haben ihn wohl vergessen, obschon ich gestern allen noch einmal Bescheid gesagt hatte. Meine Stereoanlage ist zum Glück laut genug, so dass mich niemand vor Verzweiflung schreien hört. Ich schreie so laut und so lange, bis mir schwarz vor Augen wird und ich hintenüber auf den Boden knalle. Das muss der Moment gewesen sein, als ich das erste Mal diese

Stimme gehört habe, die mich immer wieder ausfindig macht.

Auf meiner Fensterbank sitzt eine Gestalt, die ich nicht eingeladen hatte. Mit einer Hand am Hinterkopf erhebe ich mich vom Boden und gehe langsam auf das Fenster zu. Es tut etwas weh am Schädel.

„Wer bist du?", frage ich leise.

„Niemand. Wir hatten eine Verabredung, und hier bin ich. Wie kann ich dir helfen, mein Freund?"

„Freund?", Elvis schaut ihn fragend an, „Wieso Freund?".

„Wenn du dir ein Auge zuhältst, dann kannst du mich besser erkennen", sagte das Wesen auf dem Fenstersims.

Meine Hände befassten sich nur noch mit meinem Kopf. Ich weiß nicht, ob es stimmt, was ich dort gesehen habe. In diesem Moment schien alles so klar zu sein, dass es den Anschein hatte, ich wäre in einer anderen Welt. Das Wesen hatte einen pechschwarzen Bart im Gesicht, an dessen Bartspitze eine kleine Flamme brannte.

Über den glitzernden Augen waren spitze Hörner positioniert, die sehr scharf aussahen. Echtes Horn.

„Darf ich das mal anfassen?", frage ich ihn. Mit einer aufgeregten Bewegung ließ er mich verstehen, dass er dies nicht so gerne mochte.

„Du bist der Teufel, richtig?"

Etwas verschüchtert und mit senkendem Blick sagte er schließlich: „Ja, das bin ich."

„Du kannst mir bestimmt helfen. Ich muss hier weg, um mein Leben zu finden."

Er nickte und steigerte zunehmend sein Grinsen. Das Gesicht wurde allmählich zur Fratze. Die Flamme am Bart flackerte aufgeregt auf und breitete sich so sehr aus, dass in nur wenigen Minuten der Bart und das ganze Gesicht in Flammen standen.

„Heißt das jetzt ja?", frage ich ihn, ohne unhöflich wirken zu wollen.

„Du bist! Alles bist Du!", sprach er durch die Flammen.

Kleine Aschekorpuskeln wehten im Wind. Der Teufel hatte sich selber weg gebrannt.

Was blieb war seine oder wessen Stimme?
Mit meinem Handrücken entfernte ich den
Schmutz von meiner Fensterbank und
schloss das Fenster. Die Stereoanlage
spielte noch immer laut meine Musik, als
ich mit Kopfschmerzen vom Boden
aufstand.

Ich lief runter zum Keller, um meine
Mutter wiederzusehen, dabei bemerkte ich
schwarze Ränder an meiner
Handaußenfläche.

Mutter war bereits im Bett und schlief.

Das ist alles, woran ich mich erinnern kann,
wenn ich an meinen 18. Geburtstag
zurückdenke.

Keinen Kuchen, keine Freunde,
Kopfschmerzen, nur der Teufel, der sich
selber eingeladen hatte und schließlich
verdampfte.

Mein Auto jagt mit Hochtouren über den
Asphalt. Es ist schön, den warmen Wind im
Gesicht zu spüren und dabei die Gedanken
in die Vergangenheit zu schicken. Die
Verabredung mit dem Teufel ist etwas, an

das ich sehr oft und auch sehr gerne zurückdenke. Zwischendurch halte ich mir immer wieder ein Auge zu, doch ich kann ihn nicht sehen. Ich habe ihn ganz im Ernst, nie mehr wieder gesehen. Obwohl...nein, nein, das war was anderes. Da hatte ich irgendetwas anderes mit meinem Auto überfahren, und anschließend nur noch zwei Hörner im Kühler stecken gehabt. Die sahen ähnlich aus wie die des Teufels; doch ich denke, dass er es nicht war. Und wenn doch, dann tut es mir leid. Das wollte ich nicht.

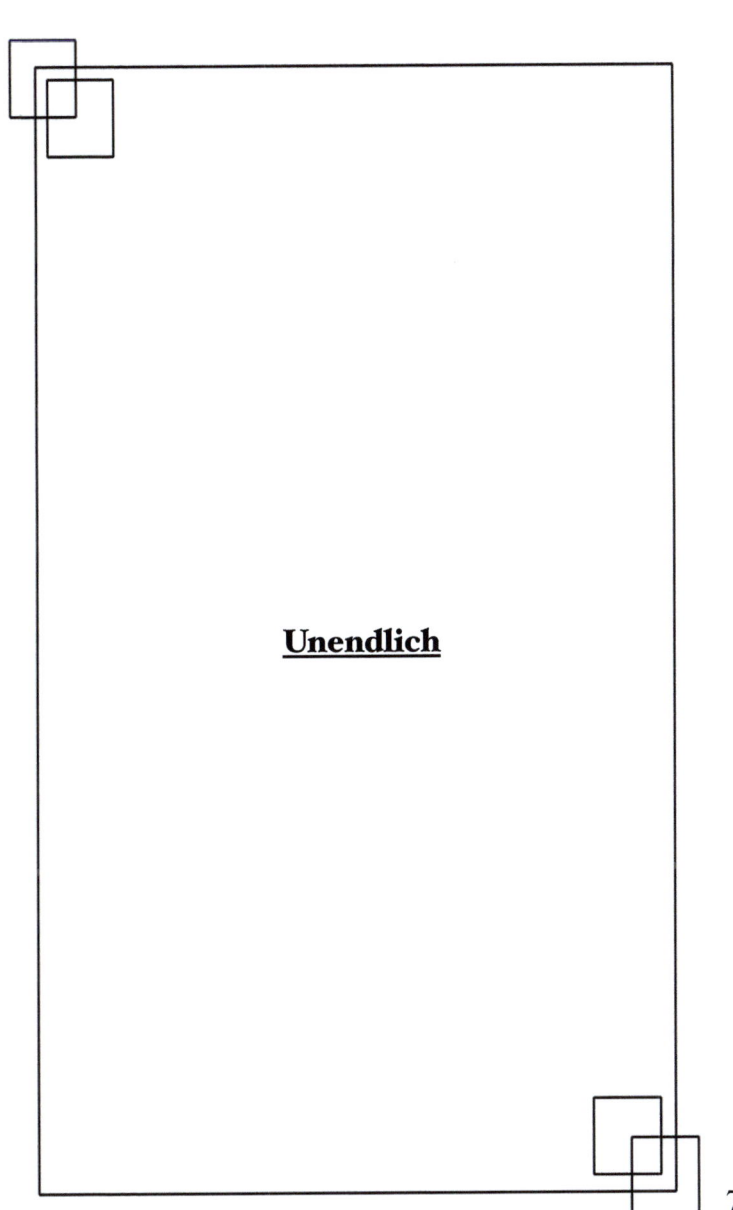

<u>Unendlich</u>

Jahre, Gezeiten, Depressionen, Heiterkeit,
Radiostimmen und Kilometer vergehen.
Ich werde immer älter und fahre stets auf
Hochtouren. Mein Ziel ist der Weg, der vor
mir liegt. Manchmal macht es den
Anschein, als wolle die Straße niemals
enden. Im Sommer ist kein Ende der
Strecke in Sicht, da alles von Staub
überdeckt wird. Während der Herbstsaison
ist der Nebel so dicht, dass man nicht
weiter als bis zum Ende der Motorhaube
sieht. Im Winter verdeckt Schneegestöber
meine Sicht. Die einzige Hoffnung ist es,
auf den Herbst zu warten. Doch dann sind
die fallenden Blätter extrem aktiv. Das
ganze Leben verläuft also nur wie die Sicht
durch einen unklaren, verschwommenen
Schleier, den man nicht ablegen kann. Mit
Knallgas nimmt die Fahrt ihren Lauf.
Im Radio kommt der Song „Rock 'n Roll-
Highschool" von den Ramones. Ich drehe
den Lautstärkeregler auf und genieße den
Moment. Ob sich die Band an mich
erinnern würde, wenn sie mich je

kennengelernt hätte? Ich glaube schon.

Mein Blick streift meinen Rückspiegel und ich sehe mich, mir kurz zulächeln.

In diesem kurzen Moment des Blickkontaktes, bemerke ich erst den Bart, der mir in den letzten Monaten gewachsen ist. Klasse. Wer hätte gedacht, dass es so schnell gehen kann. Komplette Typmodifizierung durch Bartwuchs. Vor lauter Staunen über mich selbst verpasse ich die Tankstelle, an der ich gerade vorbei sause. Mist. Ich trete volle Kanne in die Eisen und mache eine 180° Drehung - auf der Stelle.

„Sir, kann ich Sprit bekommen?"

Der Alte sitzt vor der Eingangstür zu den Eingeweiden der Tankstelle und schlürft an seinem Eiskaffee.

„Mach ich dir rein."

„Bitte?"

„Sprit."

„Ach so, ja bitte. Habt ihr hier eine Toilette?"

„Rechts, dann links hinter der Tankstation."

„Ok."

Mit großen Schritten biege ich um die Ecke und stoppe vor einem Baum. Der Alte hat mich etwas auf den Arm nehmen wollen. Naja, ich erledige mein Geschäft und pinkle einen glühenden Strahl an die Baumrinde. Abschütteln und fertig.

Ich muss im Garten vom Alten gelandet sein. Jetzt erst bemerke ich die grünen Bohnen im Garten und all das Gemüse. Der Garten Eden muss so ähnlich ausgesehen haben, denke ich mir, als ich quer durch das Grün laufe.

„Warum bleibst du nicht hier?"

„Was?"

„Warum bleibst du nicht hier?"

„Das hatte ich verstanden, aber wer spricht dort?"

Ich kann weit und breit niemanden sehen. Also laufe ich fort. Das Gemüse wird immer größer und alles wächst immer dichter. Ich kann kaum noch den Boden mit meinen Füßen berühren, da ich nur noch auf Stängel und Blätter trete. Der Puls rast, so wie ich normalerweise über den Asphalt. Schweiß drängt sich nach außen und behindert mir zusätzlich meine Sicht. Gefangen im Gemüsebeet. Kein Entkommen möglich. Meine Arme kämpfen sich durch das Blattwerk und knicken hektisch diese störrischen Triebe vor mir ab. Wo laufe ich nur hin?

„Ich bin bei dir!"

„AHHHHH!", schreiend laufe ich weiter. Verfolgt durch die Stimme, laufe ich dem wegweisenden Geäst immer tiefer in den Urwaldgarten hinein.

Ich kann nicht mehr. Falle einfach um und bleibe liegen. Mein Bart verfängt sich in einer Bohnenstange und reist sie nieder. Ich schwimme im Schweiß davon.

Die Sonne dörrt mich aus. Haut ist nur noch Papier und reißt mit jeder Bewegung immer mehr ein. Das salzige Wasser brennt zusätzlich in den Wunden. Treibend vor Unglück befinde ich mich im Nirgendwo. Ein Ozean so blau und rein, kann doch so bitter sein. Steif wie ein Brett drifte ich umher und traue mich nicht mehr mich zu bewegen. Mein zarter Körper gleicht einer ungeschwefelten Sultanine.

„Wenn du alleine sein willst, dann helfe ich dir dabei. Halte aus und beiße dich durch, nur so kannst du dein Ziel erreichen."

„Oh nein!"

Die Stimme ist wieder hier, und ich kann nicht schreien, sonst reißt mein Mund, und das Salzwasser spült den Schmerz herein. Ich bin völlig aufgeschmissen.

Doch sie ist jetzt ruhig. Ich nehme sie gerade nicht mehr wahr.

Stille.

Stille gibt mir das Gefühl von Endlosigkeit. Ich treibe als Fetzen Papier auf dem Wasser, das aus meinem Schweiß gebildet wurde, und genieße Stille. Wenn ich zerreiße, dann bitte in absoluter Lautlosigkeit. Meine Gedanken sind als einzige aktiv in meinem Kopf. Aber lautlos. Fern. Nur mit mir.

Der Versuch zu entspannen scheitert. Ich

gerate in einen Strudel, der mich rasch zu Boden zieht. Ich reiße die Arme nach oben, ohne zu überlegen, was für Schmerzen darauf folgen. Dann packt mich jemand an den Armen und zieht mich herauf.

„Komm schon. Du kannst nicht einfach hier im Weg herumliegen."

Der Alte von der Tankstelle steht vor mir und zieht mich wieder auf die Beine.

„Dein Wagen ist vollgetankt. Du kannst wieder weiter, mein Junge."

„Oh, danke...vielen Dank. Ich muss wohl beim Pinkeln eingeschlafen sein."

„Ist halb so wild, Junge. Zum Glück bist du nicht dabei ertrunken."

Salziger Geschmack auf meiner Zunge regt mich zum Nachdenken an.

Ich steige in meinen Wagen und brause ab.

<u>Horror – Motel</u>

Diese Melodie in meinen Ohren. So lieblich und schön. Vergleichbar mit nichts anderem, was herrlicher sein könnte.

Meine Augen sind zu Schlitzen geworden, durch die ich nur schwer sehen kann, wer diese Töne zu mir sendet. Der Flur, in dem ich sitze, ist durch die ständigen Lichtunterbrechungen der Neonröhren nur schwer zu durchschauen. Vage sehe ich eine große Gestalt am Ende des Flures. Sie trägt eine Schweinemaske und spielt Geige. Es ist eine schöne Geige, mit einer Gravur. Aber das Licht ist zu hektisch, als dass ich diese zu lesen vermag.

Mit schweren Schritten kommt der Fiedler auf mich zu. Er führt etwas im Schilde. Meine Beine sind so weich wie Pudding. Nur träge kann ich mich erheben und meinen Liegeplatz verlassen. Die Geige kommt immer näher. Gleich wird etwas passieren, ich kann es spüren.

„Pemire!", schreie ich in den Flur hinaus. „Plastikverhülltes Wesen, komm und hilf mir!"

Indessen der Fiedler mit der Schweinemaske immer näher auf mich zukommt.

„Nimm die Maske ab, damit ich sehen kann, wer du bist!", donnere ich aus mir raus.

„Ach, komm schon. So hässlich kannst du nicht sein."

Die Melodie wird lauter und lauter. Im flackernden Licht erkenne ich für den Bruchteil einer Sekunde das Gesicht des Monstrums. Es sieht aus wie... Nein, ich muss hier weg. Wankend laufe ich den Flur entlang. Ich komme einfach nicht dort weg.

„Pemire! Hilf mir doch."

Pemire kommt nicht. Vielleicht ist sie noch immer sauer auf mich und meine Kotzaktion.

„So schwinge deine schwarzen Flügel und helfe mir aus meiner Not heraus. Ich werde hier wahrscheinlich nicht mehr lange zu leben haben, wenn du mir, verdammt noch mal nicht hilfst. Vertreibe dieses Ungetüm aus diesem Haus, von diesem Planeten. Ich habe ihm nichts getan, also soll er mich bitte in Ruhe lassen, ist das klar? Ansonsten werde ich niemals wieder in dieses verkackte Motel kommen. Niemandem werde ich es weiterempfehlen, nicht mal meinen „Feinden". Hast du mich verstanden? Niemandem! Auch nicht meinem Stiefvater, nicht meiner Mutter, nicht dem Alten Tankwart, nein, nicht mal dem Teufel persönlich werde ich den Laden hier empfehlen. Und wenn du mich fragst, ist das hier sowieso nicht so schön. Alles viel zu dunkel, bekotzt und mit Unrat und sonstigen Exkrementen befleckt. Wo soll man hier denn bitte schlafen? In diesen „Betten"? Da würde ich nicht einmal jemanden drin beerdigen, so scheiße sehen die aus. Absolut unbequem und, bäh, bekackt. So etwas gibt es wirklich nur hier. Pemire, wenn du nicht sofort hier antrittst und diesen Schweinemasken-Penner entfernst, dann werde ich sofort das Motel verlassen, ist das klar? Habe ich mich deutlich genug ausgedrückt? Für den Fall, dass du es schriftlich haben möchtest, bin ich gerne dazu bereit, dir das unterschriebene Papier auszuhändigen. Dabei fällt mir ein, dass die Wasserleitungen hier stark verkalkt sind und duschen leider ausgeschlossen ist. In was für einem Trümmerhaufen bin ich hier nur gelandet?"

Dann tut es einen lauten Knall, und ich fliege die Treppe herunter. Der Fiedler muss mich wohl runtergeschubst haben. Er ist verschwunden.
Ein gewaltiger Schatten verdunkelt mein Haupt. Pemire ist herbeigeflogen und verdeckt meinen demolierten Körper mit ihren schönen, glänzenden Flügeln. Schützend beugt sie sich über mich und flüstert mir ins Ohr:
„Wenn du möchtest, dann sehen wir uns bald wieder."
Daraufhin schlafe ich vor lauter Erschöpfung ein. Allerdings nur kurz, denn Pemire hat mich in mein Auto getragen und

mich sehr unbequem zurückgelassen.

Ich reibe mir die Augen rein und trinke den letzten Schluck aus meiner Whiskeyflasche. Ich rülpse und starte dabei den Motor.

Mein Wagen springt nicht an. Ich habe vergessen, dass mein Tank wieder leer ist. Die Nacht leuchtet mir in weiter Ferne eine Tankstelle herbei. Der Stern zeigt mir exakt, dass diese noch immer geöffnet hat. Geschwächt folge ich dem hellen Licht. Auf den Bergen versammeln sich die Wölfe, sie heulen ihre Lieder dem Mond entgegen. Hoffentlich fressen sie mich nicht. Bis zur Tankstelle sind es jetzt noch gute drei Kilometer. Die Straße führt mich durch das Tal inmitten der Felsen. Mir wird etwas mulmig bei dem Gedanken, von Wölfen aufgefressen zu werden.

Rechts neben mir blitzen zwei, sechs, acht, zehn Augen in der Dunkelheit auf. Ohne mir etwas anmerken zu lassen, gehe ich weiter zur Straßenmitte und beschleunige meine Schritte. Vor mir ein Tunnel. Mit geschlossenen Augen laufe ich durch diese schwarze Röhre. Das Geheule der Wölfe dringt bis an mich heran. Fledermäuse fliegen um mich herum. Dieser Platz scheint bei Nacht von Vampiren und Fabelwesen aufgesucht zu werden. Es tummeln sich Ratten und sprechende Igel an meinen Füßen, und Blutsauger versuchen sich an meinem Hals. Um die Wette laufend, renne ich aus der Hölle, der Tankstelle entgegen.

„Benzin ... bitte, ich brauche Benzin.", bettelte ich noch völlig außer Atem.

„Wir haben folgende Sorten im Angebot: bleifrei, Super, Diesel, Ultra Super, Ultra Super bleifrei, verbleit oder high-energy Power-Diesel, mit oder ohne..."

„Ja, ja...ich nehme alles. Mixen Sie mir einen Cocktail und machen Sie bitte schnell."

„Wo steht Ihr Wagen?"

Der Tankwart sieht merkwürdig aus. Er hat unschön lange Fingernägel und spitze Zähne. Seine Haarbüschel an den Ohren und im Gesicht erinnern an die Monster aus dem „Thriller-Video".

„Ich stehe da oben, am Motel."

„Dann ist es besser, ich fahre sie mit meinem XXL-Benzin-Truck dorthin und mixe direkt vor Ort."

„Hmm. Können wir dann los?"

„Ich muss mich nur kurz kämmen, Moment."

Die Nacht ist noch immer nicht ganz um, doch ich bin wieder mit meinem Auto unterwegs und sorge mich derweil über all die Verletzungen, die ich mir in den vergangenen Stunden zugezogen habe. Knochenbrüche durch den Treppensturz, dann gerade die Auseinandersetzung mit dem Tankwart, der zu viel Geld von mir haben wollte und mir zusätzlich etliche blaue Flecken verpasst hat. Mit einer außergewöhnlichen Kampftechnik habe ich ihn unbeschreiblich zurückgelassen, bei seinem XXL-Truck. Ich habe mir geschworen, mir nicht mehr alles gefallen zu lassen. Vor Jahren wendete ich das Blatt.

Nun bin ich zu dem geworden, der ich bin. Im Osten geht die Sonne langsam wieder auf.

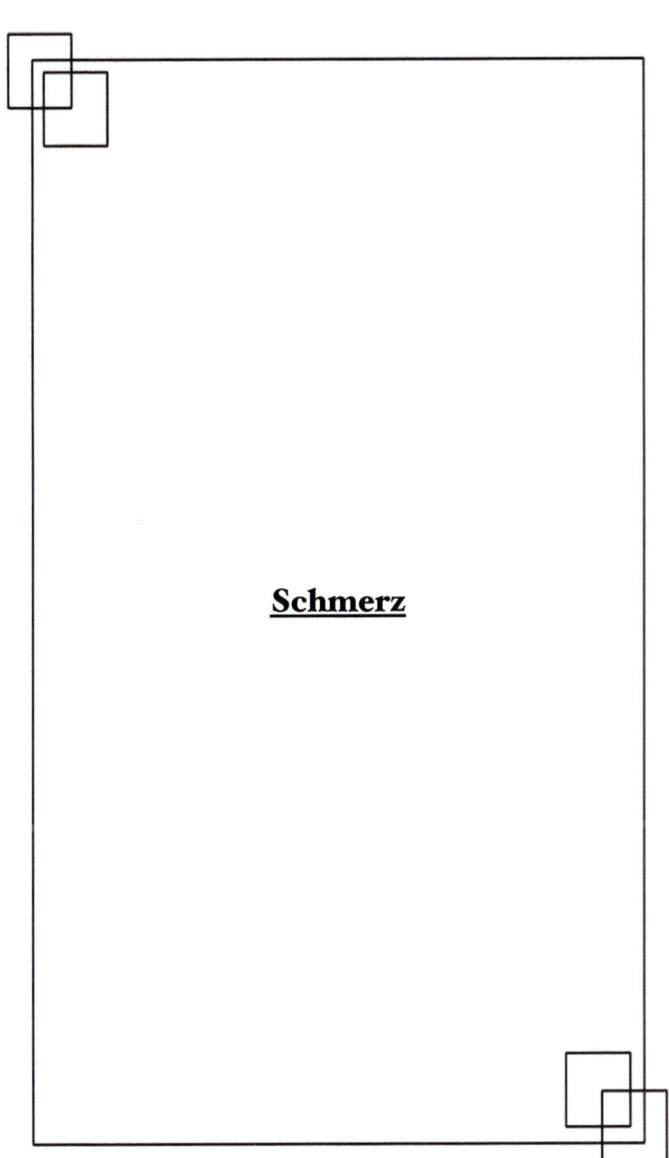

<u>Schmerz</u>

All die Jahre, wo sind sie hin? Mein Körper ist etwas mitgenommen. Mein Gesicht ist etwas mitgenommen. Mein Geist aber ist hellwach. Immerzu erkenne ich mich im Spiegel und weiß, alles was geschehen ist, musste sein. Anders hätte es nicht kommen können, sonst wäre ich nicht ich.

Gelbliche Bläschen stechen mir in die Augen. Es tut weh. Haarfeine Adern durchziehen die Blasen, welche meinen Daumen schmücken. Ich muss mir irgendwo einen Splitter eingefangen haben, ohne es bemerkt zu haben. Die Stelle hat sich entzündet und nun pocht sie wie wild. Es macht mich rasend, zuzusehen, wie meine Wunden ein eigenes Leben beginnen und mir meines zur Hölle machen. Vor lauter Verwunderung gehe ich ganz nah an die Wunde heran, damit ich sie genauer anschauen kann. Je länger ich mich auf diese gelben Eiterpocken konzentriere, desto weiter weg geht der Schmerz. Es beruhigt die Stelle. Als würde sie sich in Sicherheit befinden, denn ich bin ihr nahe.

So sanft und weich, einer Landschaft gleich.
Ich tauche ein in die Wunde und suche zu
verstehen, wie sie wirklich entstehen
konnte.

Entlang den creme-gelben Wänden stürze
ich mich in das Unbekannte. Schützend vor
der giftigen Außenwelt halten die Bläschen
mir den Rücken frei, um tiefer
vorzudringen. Mit einem Gefühl der
Sicherheit trete ich näher an das Pochen
heran. Immer näher.

Meine Füße versinken etwas im weichen
Untergrund, doch haben sie Halt. Ich
beschleunige meinen Gang, der zunehmend
träger wird. Ganz verstehen kann ich das
Innere meiner eigenen Wunde noch nicht,
doch treffe ich auf einen abgebrochenen
Dorn, den ich mir irgendwo im Garten
zugezogen haben muss. Er ist abgebrochen
und durch meine Epidermis direkt durch
die Dermis in den Bereich der Subcutis
vorgedrungen.

„Ich muss dem Dorn helfen. Er wird noch
ersticken. Mein Freund", sprach ich den

Dorn an, „ich werde dich jetzt langsam aus dem Schlamassel ziehen, damit du ohne Komplikationen weiter an der frischen Luft sein kannst."

Mit beiden Händen umschlinge ich den Dorn und bewege ihn Stück für Stück aus seinem Gefängnis. Es ist nicht seine Schuld, dass er hier festgehalten wird, ebenso wenig ist es meine. Mit Absicht hat das hier nichts zu tun. Was bleibt mir also anderes übrig, als ihm zu helfen?

Ein Eiterbläschen wird durch diese Aktion etwas überstrapaziert. Es absorbiert ein schleimiges Sekret, welches mir geradewegs in meinen Mund spritzt, als ich mich dabei ertappe, wie ich mir selber in meinen verwundeten Daumen beiße.

„Aaaargh!"

Mit gespitzten Lippen spucke ich den Schleim und den Dorn auf den Boden. Der Daumen schmerzt noch einen Moment weiter, das ist mir klar, doch in wenigen Minuten wird es ihm besser gehen, da bin ich mir ganz sicher.

Wenn ich daran denke, was mir in den letzten Tagen, Wochen, Monaten und Jahren zugestoßen ist, so würde ich sehr gerne die ein oder andere Erinnerung ebenso ausspucken wollen wie diesen verschleimten Dorn.

Mein Fuß schmerzt, ich kann ihn nicht vom Gas nehmen. Ich rase mit Lichtgeschwindigkeit auf diese Klippen zu. Schweiß und Angst blenden meine Sinne. Das Ende naht. Mein Leben zieht in Zeitlupe an mir vorüber. Einen Augenblick schießen mir alle Bilder, die ich jemals in meinem Kopf abgespeichert habe, durch mein Gehirn. Alle Polaroids sind milchig und wirken wie in einer Traumlandschaft geschossen. Nur mit etwas Anstrengung kann ich erkennen, wie schön mein Leben hätte sein können. Diese Bilder habe nicht ich gemacht. Nein, diese nicht. Jemand muss meine Fotos mitgenommen und mir die falschen hinterlassen haben. Erbrochenes krabbelt meine Speiseröhre

langsam hoch. Es fühlt sich in mir beengt.
Der Platz ist mir selber zu stickig. Mit der
linken Hand kurble ich das Fenster etwas
herunter. Frische Luft. Etwas frische Luft
tut mir gut. Die Klippe kommt näher.
Meine Nase nimmt den Duft von Freiheit
auf. Doch es riecht etwas nach Regen. Aber
was sollen diese fremden Motive in mir?
Blutunterlaufene Augen irritieren meinen
Rückspiegel. Ich kann mich nicht länger
ansehen; mache die Augen zu. Alles
schwarz. Es knallt. Mein Auto rollt aus und
ich schaffe es noch vor dem großen Absturz
in die Schlucht, mich aus dem rollenden
Wrack zu stürzen.

Ein kleiner, vertrockneter Busch bremst
mein Rollen ab. Ich höre nur noch eine
Metall und Glas-Symphonie ... das Auto
ähnelt von hier oben einer Skulptur von
Picasso. Wirklich sehr schön.

Der Busch, der meinen Sturz aufgefangen
hat, ist rot. Mein Blut hat ihn gefärbt und
wieder neue Knospen tragen lassen. Er hat
mir mein Leben gerettet, so ich ihm das

seine. Mehr Freundschaft kann es nicht geben.

Der Körper, der einst mein Tempel war, brennt. Vor lauter Schmerzen kann ich mich kaum bewegen. Schürfwunden und offene Hauttaschen versuchen mich an Ort und Stelle festzuhalten, doch ich muss weiter.

„Freundchen, ich muss leider weiter. Es war mir eine Ehre dich hier anzutreffen. Weine mir nicht nach. Bitte. Ich muss gehen. Da draußen warten noch einige Aufgaben auf mich … ich denke an dich", das sind meine letzten Worte, bevor ich dem kleinen Busch den Rücken zukehre und dann weggehe. Der Wüstensand wirbelt mir ins Gesicht, ich sehe die Straße nicht richtig. Um Haaresbreite wäre ich jetzt in die Schlucht getappert, doch die Kurve habe ich dann doch noch gekriegt.

Düstere Wolken am Firmament drohen sich zu entleeren.

In meiner Hose befindet sich ein

Taschentuch aus Stoff. Es ist bestickt mit kleinen Karos. Zum Teil etwas verblasst. Es ist schon so alt. Meine Oma hatte es mir zu meinem fünften Geburtstag geschenkt und gesagt, „Hier mein Junge, jetzt bist du ein richtiger Mann". Bis heute habe ich das nicht verstanden, es ist aus Baumwolle und ich nicht ... aber, es lindert meine Qual und füllt den körperlichen Schaden etwas auf.

Vorkommnisse im menschlichen Garten

Nach all den Jahren der Verzweiflung und des Schmerzes, wachsen dennoch stetig Bäume. Eine Trauerweide übergibt sich dem Boden, Rosen sprießen in alle Richtungen, doch pocht es im Innern immer noch. Und es scheint, als hätte der Frühling Einzug gehalten.

Meine Augen sind von Sand bedeckt. Ich fühle mich wie eine getrocknete Frucht, die sich danach sehnt, aus der eingeschweißten Folie ausgepackt und schließlich verspeist zu werden. Genauso wie die Datteln, die meine Eltern damals mühevoll mit ihren dritten Zähnen zermalmt hatten, um sie hastig zu verschlingen. Als Kind fand ich diesen Anblick immer schon widerlich. Dieses hastige Geschmatze und dieses niemals enden wollende Knirschen der Pseudo-Zähne. Ich musste danach immer kotzen. Doch um meinen Eltern diesen Anblick zu ersparen, bin ich dafür immer hinter das Haus gelaufen, in unseren Garten, um dieses widerliche Gefühl loszuwerden.

Wir hatten einen schönen Garten, der zwar nicht viel Platz zum Spielen bot, da alles bepflanzt war, doch war die bunte Pflanzenvielfalt immer wieder schön anzuschauen. Häufig spielte ich dort mit mir alleine "Verstecken". Stundenlang lief ich durch die Hecken und Gebüsche, da ich genau wusste, ich hatte nicht viel Zeit, um mir ein ordentliches Versteck vor mir selbst zu suchen. Dann harrte ich stundenlang am selben Fleck aus, bis es dunkel wurde und ich schließlich meinen Namen hörte. In all der Zeit stellte ich mir immer wieder vor, wie es denn sei, wenn die bepflanzten Flächen unseres Gartens nicht wären, und dafür im Abstand von jeweils einem Meter Löcher im Boden, aus denen allmählich Menschen herauswüchsen. Anfangs wächst der Kopf, dann der Rumpf und schließlich der Rest des Körpers. Wenn dieser Prozess über mehrere Monate anhielte, hätten wir zum Beispiel zu Weihnachten einen menschlichen Garten, und ich müsste nie wieder alleine langweilige Weihnachtslieder singen. Optimal wäre so ein Garten auch, um neue Freundschaften und Kontakte zu knüpfen. Jeden Tag hätte ich einen neuen Spielkameraden, auf den ich hätte zurückgreifen können. Aber stattdessen wuchsen mir die Büsche über den Kopf. Aus grünen Blättern wurden braune, matschige, die letztendlich das Ungeziefer am Boden für den Winter zudeckten.

Ich höre das Schaben der gierigen Geier, doch kann ich meine Augen noch nicht öffnen. Dieser verfluchte Wüstensand trübt meine Blicke. Mit schläfrigen Bewegungen versuche ich mich auf die Seite zu rollen, was mir anfangs nicht gelingen soll. Die Körner strömen schließlich aus meinen Augenhöhlen; und es scheint so, als würde der Grundstein für neue Pyramiden gelegt. Ich fühle mich dermaßen erleichtert, dass ich ohne große Anstrengung wieder auf den Füßen stehen kann. Für einen Moment vergesse ich meine Schmerzen und drehe mich wie neugeboren auf meinen Fußspitzen. Dabei vertreibe ich all diese gierigen Geier um mich herum, und tanze schließlich eine lange Zeit für mich alleine. Abrupt stoppe ich den Tanz, doch mein Gehirn dreht sich weiter. Wie ein Kettenkarussell dreht es, Tempo haltend, seine Runden. Mein Blick fixiert einen in der Ferne stehenden Kaktus, der etwas Ähnlichkeit mit dem Fiedler hat, dem ich nicht noch einmal begegnen möchte. Das ist Vergangenheit, das ist lange her. Damit habe ich abgeschlossen.

Als ich meinen Blick löse, kommt mir einmal mehr der Gedanke aus meiner Kindheit wieder hoch, in dem ich mir einen menschlichen Garten wünsche. Hier in dieser Wüste hätte man eine Menge Platz, um dieses Vorhaben zu realisieren.

Ich stelle mir ein Meer von Menschen vor, die genau hier gepflanzt wurden, und bereits zur vollen Größe herangewachsen sind. Mit großer Freude winken sie mir alle gleichzeitig zu. Ich kann die Liebe, die sie mir entgegenbringen, förmlich spüren. Es ist überwältigend. Bei dem Gedanken daran, steigen mir die Tränen in die Augen und ebnen sich schließlich den Weg in die Freiheit. So viele freundliche Gesichter, so viel Herzlichkeit und positive Energie die sie mir entgegenbringen. Mir, dem Gärtner all dieser Geschöpfe. Ich gehe ihnen entgegen, begrüße sie alle mit einer zärtlichen Umarmung und küsse sie ebenso liebevoll wie sie mich. Egal ob Mann oder Frau, wir sind alle gleich. Ein Meer aus Liebe.

Ich lasse mich noch einen Moment von meinen Gefühlen treiben, bis mich meine klaffenden Wunden wieder in die Realität zurückholen.

Mein Körper ähnelt einem Schlachtfeld, und es wird höchste Zeit dieses zu bereinigen.

Während der wunderschöne, silberleuchtende Mond die Wüste in einem prachtvollen Glanz erscheinen lässt, schleppe ich mich mit letzter Kraft zum nächsten Asphaltteppich. Hoffentlich hält jemand an und bringt mich in ein nahegelegenes Krankenhaus.

Ich setze mich auf einen Stein. Oh, es tut so gut, endlich zu sitzen. Auf dem Asphalt vor mir spiegeln sich die Sterne in einer Ölpfütze. Sie bewegen sich; sie winken mir, sie versuchen Kontakt zu mir aufzunehmen. Mit ein bisschen Konzentration werde ich versuchen zu verstehen, was sie mir mitteilen möchten. Es scheint ein wirres Durcheinander zu sein. Langsam ordnet sich das ganze Chaos in dieser Pfütze, doch ich verstehe nicht.

„Elvis."

Mit aufgerissenen Augen starre ich auf die Pfütze und entgegne ihr:

„Ja, ich habe mich tatsächlich nicht getäuscht. Ihr seid real und sprecht zu mir - ich bin glücklich."

„Elvis, wir sind hier, um dir zu sagen, dass du schon bald gerettet wirst. Wundere dich nicht über den Engel den wir dir schicken."

„Ich danke euch", entgegne ich dem Ölspiegel mit zittriger Stimme.

Ich lege den Kopf in den Nacken, um die

Sterne mit meinen eigenen Augen zu erblicken. Doch nur der Mond schaut mich an.

Aus der Ferne nehme ich bereits die Scheinwerfer eines nahenden Pkws wahr.

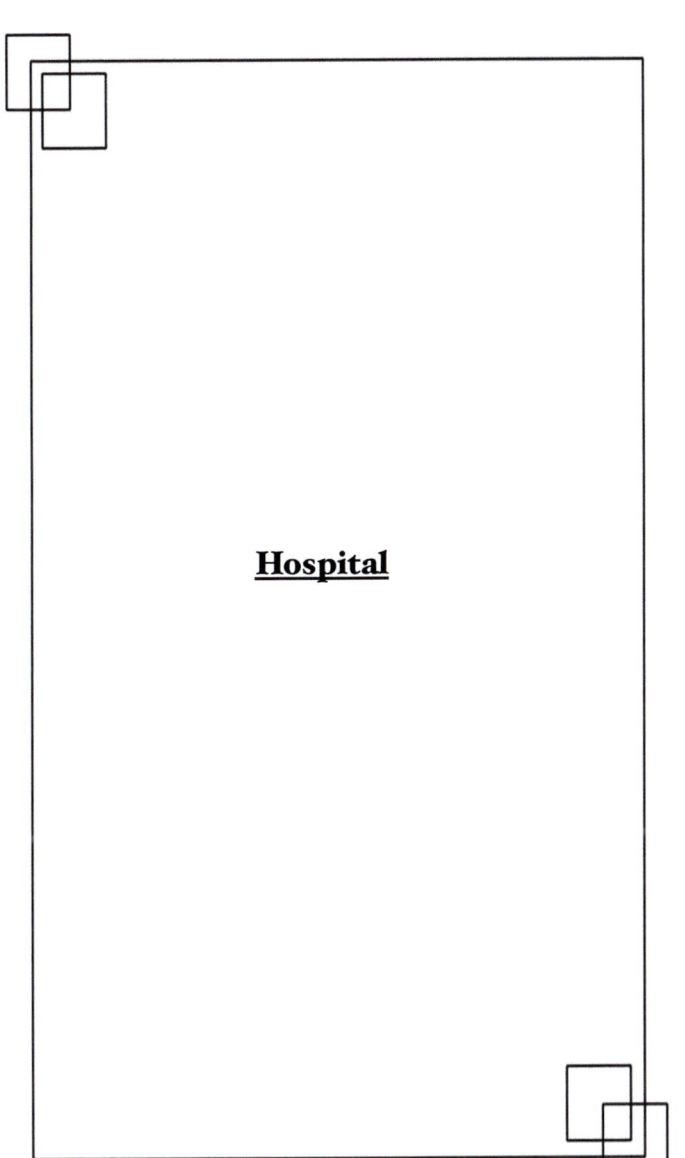

<u>Hospital</u>

Eine Gestalt steigt aus dem Wagen, doch ich kann sie nicht erblicken. Zuerst sehe ich nur den Schatten. Ich nehme die Umrisse gewaltiger Flügel war. Es scheinen die Flügel eines Engels zu sein, der gekommen ist um mich zu holen, so wie es mir die Sterne prophezeit haben. Es ist zu dunkel, um zu erkennen wer es ist, doch kenne ich die Schritte, die sich mir nähern.

„Pemire?", gebe ich von mir.

Mit einer befremdlichen Stimme entgegnet sie mir:

„Elvis, ich bin gekommen, um dich zu holen. Es tut mir so leid, was mit dir passiert ist, doch was geschehen ist, ist geschehen."

"Wieso kommst du nicht näher, damit ich dich besser sehen kann?"

Ich habe den Satz kaum ausgesprochen, da steht Pemire bereits neben mir. Nach wie vor kann ich die Flügel nur im Schatten erkennen.

Sie sieht so gut aus, dass ich einfach keinen Ton mehr herausbekomme.

Blitzschnell legt sie ihren Zeigefinger auf meine Lippen und sagt:
„Bevor du weitersprichst, möchte ich dir sagen, dass du deine Energie für die Genesung deines Körpers einsparen solltest."
Sie nimmt mich in die schönsten Arme der Welt, und trägt mich in ihr Auto. Für den Rest meines Lebens hätte ich diesen Augenblick genießen können, doch verließen mich all meine Geister.

Dieses flackernde Licht hinter meinen Augenlidern, dieser bequeme Sitz, all das Holz und schließlich diese Maske. Mein Gehirn projizierte wieder einmal Bilder in meinem Schädel, die mir irgendwie vertraut vorkamen. Diese Träume waren widerlich, abstrus und abartig; zugleich weckten sie in mir ein Gefühl von Geborgenheit, Schutz und Selbstsicherheit. Auf eine gewisse Art und Weise sehnte ich mich des Öfteren danach, unter den Schutzmantel der Träume schlüpfen zu können. Denn hier konnte ich sein, wie ich wirklich bin, ohne irgend jemanden etwas vorzuspielen, nur um einen positiven Eindruck zu hinterlassen. Dieses ständige Wetteifern nach Anerkennung und vor geheuchelter Freundschaft, hinterließ bei mir seit jeher einen bitteren Beigeschmack.

Jedes Mal, wenn mir eine offensichtlich schlecht vorgespiegelte Szene vor die Augen tritt, habe ich das Verlangen, mich auf der Stelle umzukrempeln und dann zu übergeben. Dieses falsche Spiel um ein wenig Anerkennung findet tagtäglich statt. Doch in meinen Träumen geht es ehrlich zu. Sehr ehrlich. Deshalb wehrte ich mich auch nicht dagegen und nutzte jeden mir möglichen Moment, mein Leben lang, mit Genuss aus.

Pemire rast durch die schwarze Nacht. Ihr Aston Martin - Carbon Black - Special Edition gibt ihr zusätzliche Sicherheit, und selbst bei Regen rostet der Wagen nicht. Sie hat sich dieses Sondermodell zugelegt, da im Falle eines Aufpralls besonders viel Energie absorbiert werden kann. Dennoch ist sie sich über die Gefahren bei einem Zusammenstoß sehr wohl bewusst und muss damit rechnen, dass die Verkleidung des Wagens zersplitterten kann und dann als zusätzliches Geschoss dient. Über den genauen Preis hatte sie sich vorher nicht wirklich erkundigt, aber das spielt auch keine Rolle.

In Windeseile erreichen wir ein Krankenhaus. Wie ein in Stein gemeißelter Tempel ragt es aus den Felsen empor. Pflegepersonal steht bereits in den Startlöchern, und hievt mich aus dem Wagen direkt auf eine Trage. Es bleibt keine Zeit mich von Pemire zu verabschieden. Ich will ihr noch winken, doch versperren mir zu viele Ärzte und Krankenschwestern sowie Krankenpfleger die Sicht. Die Geräuschkulisse ist dermaßen laut, dass ich gar nichts mehr verstehen kann. Alles ist absolut hektisch, und nur einzelne Wortfetzen dringen bis an mein Ohr. In Zeitlupe ziehen vergilbte Bilder an mir vorüber. Ich sehe in die von Masken geschützten Gesichter, fokussiere dabei die mit Schweiß umrandeten Augen der Ärzte. Panisch bewegen sie ihre Köpfe in alle Richtungen; ich kann sie nicht fokussieren. Mit großer Anstrengung versuche ich die Eindrücke einzufangen, doch kann mein Hirn all dies nicht verarbeiten. Meine Augen verdrehen sich und ich spüre das Weiß meiner Augäpfel. Muskelkontraktionen animieren meinen Körper dazu in arhythmische Zuckungen zu verfallen.

Mit einem Defibrillator massieren sie meinen Oberkörper, weitere Hände setzen mir eine Narkosemaske auf das Gesicht, in wenigen Augenblicken wirkt das Narkotikum und um mich herum wird es still. Die Bilder vor meinen Augen blenden sich aus.

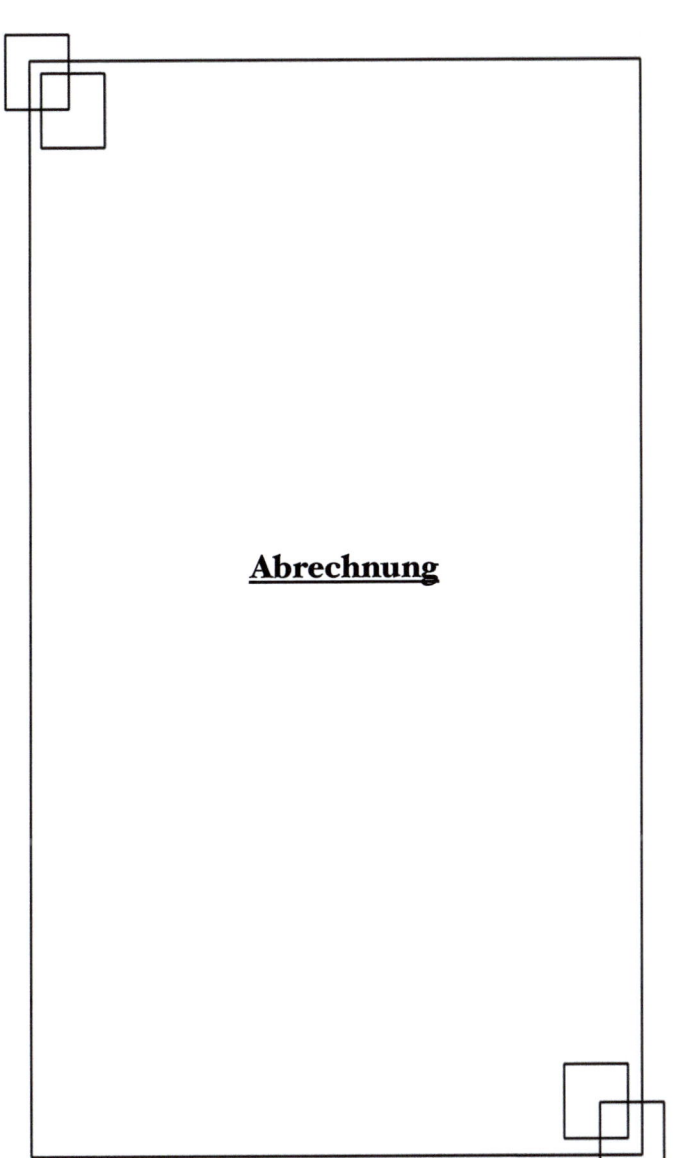

<u>Abrechnung</u>

Absolute Stille ist mir neu. In den letzten Jahren verlief alles sehr turbulent, und ohne wenn und aber passierte ständig irgendetwas. Dabei habe ich nie vergessen, woher ich eigentlich komme. Warum aber bin ich fortgegangen? Letztendlich folgte ich meinem Herzen und dem Ruf der Freiheit.

„Nutze die Zeit, solange dein Herz noch regelmäßig schlägt und lasse dich nicht von negativen Stimmen beeinflussen!", sagte einst eine weise Frau zu mir. Das muss lange Zeit zurückliegen, doch diese Worte hallen ständig in meinem Gedächtnis nach. Und wenn ich jetzt zurückblicke, dann kann ich mit erhobenem Haupt sagen: genau diesen Rat habe ich befolgt. Mit Spitzengeschwindigkeit begegnete ich meinem Leben, dabei stellte sich mir so manche Barriere in den Weg und versuchte mir mein Vorankommen zu versperren. Doch überrannte ich diese stets:

Stimmen wollten mich zurückhalten, schon

als Kind – bamm, nieder damit!
Ich bin nicht wie du und werde es nie sein.
Priester wuschen mich vermeintlich rein –
bamm, nieder damit!
Eltern leinten mich zu Hause an, um mich
klein zu halten – bamm, nieder damit!
Freunde gaben sich als Freunde aus und
versuchten mich zu schwächen – bamm,
nieder damit!
Nachbarn hatten angeblich alle Lösungen
für ein gescheites Leben – bamm, nieder
damit!
Mit verkommenen Nutten war es besser
auszuhalten als mit dem Geschwätz der
Nachbarn. Für jeden Stich einen Schlag ins
Gesicht – bamm, nieder damit!
Verdorbene Politiker lobten das Land und
setzten es in Brand – bamm, nieder damit!
Geschäftstüchtige Leute sprachen von der
Rente für morgen, und verschwiegen dabei
existenzielle Ängste und Sorgen – bamm,
nieder damit!
Das verdorbene Fleisch der ewigen Jugend
führt zu Glück und Wohlstand, am Arsch –

bamm, nieder damit!

Undurchsichtige Lügen von Betrügern versprachen den Himmel auf Erden und brachten Pech und Verderben – bamm, nieder damit!

Lieber will ich sie bespucken als alles zu schlucken. Von Moral und Ethik kann hier keine Rede sein. Wer so handelt, aus lauter Gier und Neid, der taugt nicht viel und bringt es nicht sehr weit.

Türenprediger wollten Träume reparieren und kündigten das ewige Leben an, geblieben ist nur ein Schatten und Trauergesang – bamm, nieder damit!

Verzerrte Gesichter und derber Gestank führt unter Menschen zu Waschzwang – bamm, nieder damit!

Mit Hass und Gewalten wird versucht Kultur zu erhalten – bamm, nieder damit!

Misanthrope Geschöpfe lehren „das wahre Leben" und begreifen nicht im geringsten ihr eigenes – bamm, nieder damit!

Alles aufoktroyierte Gefasel hat mich bis heute nicht bremsen können. So bin ich dankbar, dass ich mein Leben nach meiner Fasson leben konnte.

Ihr könnt mich mal! Und wer es bis jetzt noch nicht begriffen hat, der wird es schwer haben, es je zu begreifen.

Polizei, die staatliche Exekutive, verhilft zur Ordnung auch durch Hiebe. Selber denken ist bei dieser Macht bis heute leider nicht angebracht – bamm, nieder damit!

In dieser absoluten Stille ist es schön, nur seinen Atem zu hören und den eigenen Puls wahrzunehmen. Er schlägt sehr schwach, aber noch schlägt er. Vergleichbar ist dieser Zustand mit einem in Watte gehüllten Kopf, der weich und unzerbrechlich gebettet wird, damit nichts Negatives an ihn herantritt. Wohltuend und flauschig trifft es besser. Wenn jetzt etwas schief geht, mein Körper dann nur noch leblos auf dem Operationstisch liegt, gehe ich mit einem entspannten und heimeligen Gefühl. Im Vorgang der vollkommenen Entspannung, rechne ich - mit positiven

Gedanken – mit der Vergangenheit ab.
Einfach, um unnötigen Ballast von meinen
Schultern abzuwerfen. Wirklicher Frieden
findet sich erst danach im Herzen wieder,
nachdem losgelassen wurde und Schmerz
der Vergebung weicht.

Das Rütteln des Bettes lässt mich
allmählich erwachen. Die Schwestern
schieben mich aus dem Fahrstuhl, einen
langen Gang entlang, auf dem sich mein
Patientenzimmer befindet. Ein weiterer
Patient teilt sich den Raum mit mir.

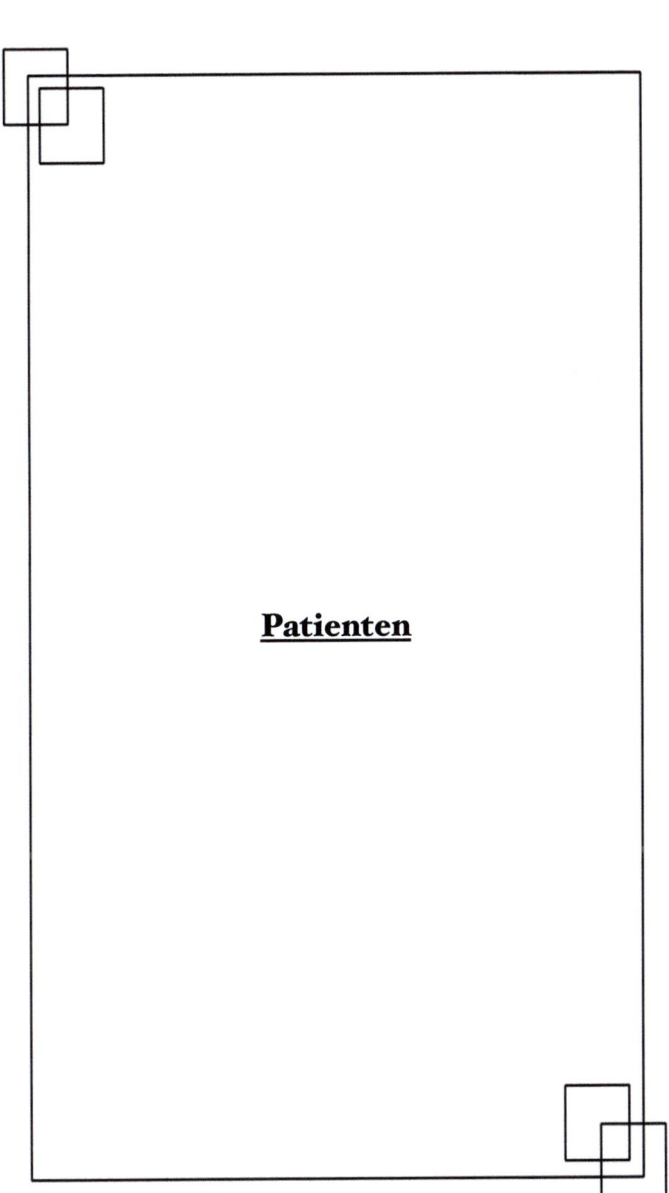

<u>Patienten</u>

Ein Raum in Weiß, mit verschlossenen
Fenstern. Es ist halb so schön, wie es klingt.
Das Kopfende meines Bettes verdeckt
einen dunklen Fleck an der Tapete, welche
von sich aus bereits stark vergilbt ist.
Streckenweise befinden sich ebenfalls
Einschusslöcher darin. Einschusslöcher?
Vielleicht sind es auch Zeichen einer
entfernten Installation. Ansonsten ist der
Raum nicht sonderlich gestaltet.
Mir ist schwindelig.
Durch meine angeschwollenen Augen kann
ich erkennen, dass neben mir eine
menschliche Gestalt liegt. Ebenfalls mit
dem Kopfende an der Wand und dem
Gesicht zum Fenster gewandt. Trübe
Scheiben legen den Blick auf trübes Wetter
frei. Wir liegen weit oben, so dass nur die
Baumkronen zu sehen sind. Tote Vögel
zieren das Fenstersims. Sie müssen alle
gegen die verschmutzten Scheiben geflogen
sein. Ein Kollektiv an selbstmörderisch
veranlagten Vögeln. Der Schmutz hält die
von Rissen übersäten Scheiben zusammen.

„Was ist passiert?", frage ich leise in den Raum. In der Hoffnung, dass mein Zimmernachbar mir eine plausible Antwort geben wird. Doch es folgt keinerlei Reaktion darauf. Ich schließe die Augen und versuche mir vorzustellen, was die Tiere dazu bewegt haben könnte.

Der Vogel wird häufig mit den Begriffen Freiheit und Befreiung assoziiert oder auch zum Teil als dem Überbringer der Seele.

Gedanken schweifen zwischen meinen Schläfen umher.

Wollten die Vögel vielleicht zu meinem Bettnachbarn?

Wollten sie ihm etwas mitteilen, ihn warnen oder sogar abholen?

Symbolisch für Seele? Ist er vielleicht tot?

Ich kann vor lauter Federn nicht erkennen, um welche Art von Vögeln es sich handelt. Vor meinem geistigen Auge offenbart sich ein bunter Schwarm. Auch Raben, Eulen und Sperlinge sind darunter. Diese Vorstellung der Massen-selbst-Vernichtung macht mich traurig. Ich möchte nicht

weiter darüber nachdenken, obschon es
mich doch interessiert.

Blinzelnd blicke ich durch meine
verhangenen Wimpern. Zu erkennen, ein
überdimensionales Fenster. Mein Blick geht
weit raus. Es ist strahlend heller
Sonnenschein. Frische Luft um-zwirnt
meine Nase. Ich stehe auf dem Balkon und
strecke mich, als würde ich meine Flügel
spreizen. Tief unter mir ein Meer an
Bäumen, so grün und prachtvoll. Voller
Freude und Herzens-wärme stürze ich mich
hinab. Meine Flügel tragen mich. Der
Ausblick ist so schön, mir kommen die
Tränen.

„Elvis", ertönt es in meinem Kopf. Doch
ich fliege weiter und traue meinen Augen
kaum. Faun, der Waldgeist winkt mir zu.
Seine Hörner glänzen in voller Pracht im
Sonnenschein.

„Elvis", höre ich es erneut. In Windeseile
überquere ich Meere und Ozeane,
Gebirgszüge und Täler, Länder und
Kontinente. Wunder der Natur.

„Elvis, wachen Sie auf!", schreit mir jemand ins Ohr.

Benebelt trete ich einen Schritt vom verschmutzten Fenster zurück, stolpere über meine eigenen Füße und falle rücklings auf das Bett meines Zimmernachbarn. Hoffentlich erdrücke ich ihn jetzt nicht, geht es mir durch den Kopf. Just in diesem Moment verschmelzen unsere beiden Körper miteinander. Unsere Köpfe, Torsos, Arme und Beine, alles drückt sich zusammen. Wahrlich machte sich die Befürchtung wahr. Mein Zimmernachbar und ich, wir sind ein und dieselbe Person.

„Geht's??", fragte die reizende, gereizte Schwester.

„Hmm ... ich ... komme ... schon ... klar ... danke", erwiderte ich.

„Gut, in zwanzig Minuten gibt es Abendbrot. Möchten Sie Tee oder lieber Wasser? Haben Sie etwa wieder geraucht?"

„Ist ... mir ... egal."

„Brot oder Suppe?"

„Ist … mir … egal."

„Käse oder Wurst?

Toast oder Vollkornbrot?

Butter oder Margarine?

Eier?

Gekocht, gespiegelt, gerührt?"

Die Fragen nahmen kein Ende. Jeden Tag dasselbe. In Gedanken hatte ich das gesamte Personal bereits im Fluss ertränkt. Nervige Erdenbewohner, fragen unentwegt die selben Fragen, kommen allerdings nicht auf die Idee sich nach dem eigentlichen Wohlbefinden zu erkundigen und dies auch noch ehrlich zu meinen.

Die Gestalt im weißen Gewand drehte sich um und verließ rasch das Zimmer.

Mir wurde langsam bewusst, was ich getan haben muss, ohne das Ausmaß des Schadens bedacht zu haben.

<u>Metamorphose</u>

Seit nun mehr als dreißig Jahren bin ich auf der Suche. Ich konnte mich bisweilen nicht finden, doch suche ich weiter.

Die Nacht war kurz, müde Augen blicken in den Spiegel. Kleine Äderchen machen auf sich aufmerksam. Dieses Gesicht, ein Trümmerhaufen, erkennt sich nicht. Tränen laufen mir über die Wangen. Es ist zu schmerzhaft, Vergangenes ungeschehen zu machen. Mit großer Wahrscheinlichkeit werde ich hier nicht sehr alt, wenn ich jetzt nicht aufwache, dieses Gebäude verlasse und mich auf meinen Weg mache.

Ich schlüpfe in meine Hose, lasse das Hemd, welches ich zum Schlafen nutzte, an, und nehme nur das Nötigste mit. Halb entstellt schleiche ich mich über den Krankenhausflur, raus, Richtung Parkhaus. Mein Wagen steht hier nicht, ich laufe also weiter.

Was muss nur geschehen sein, dass ich mich hier befinde, und in diesem desolaten Zustand?

Inmitten dieser Felswüste finde ich rasch

einen Unterschlupf, um mich nach einigen Kilometern etwas auszuruhen. Eine kleine Pfütze spendet mir abgestandenes Wasser. Sie hilft mir vor dem Verdursten. Meine Augenlider sind schwer, sie machen das Sehen zur reinsten Herausforderung. Ich gebe nach und lasse es geschehen.

Wie Blitze am Himmel, die in einer stürmischen Nacht das im Schattental liegende Moor erhellen und damit knöcherne Bäume in Szene setzen, suchen mich meine Gedanken heim.

Was habe ich getan?

Wie Schnipsel schieben sich Szenen aus meinem Leben vor. Sie zeigen Vergangenes. Wahrheit oder Lüge, ich weiß es noch nicht. Dieser Moment ist einzigartig und ich versuche ihn für mich aufzusaugen, um etwas mehr Licht in mein Dunkel zu bekommen. Als Kind auf dem Spielplatz, lachend, fröhlich umhergelaufen. Freunde und Freude, beides gab es zu dieser Zeit noch. Das scheint mir zu lang her zu sein. In den letzten Jahren verblassten beide

Wegbegleiter zunehmend.

Die Zeit der Jugend, auch hier miteinander Spaß und Geselligkeit gelebt und erlebt.

Beides verschwunden ohne Verabschiedung.

Ich habe versucht zu suchen und zu finden, doch leider ohne großen Erfolg.

Bilder, die den Beginn meiner Reise zeigen, fokussieren sich allmählich.

Damals bin ich einfach aufgebrochen, ich musste gehen. Die Trauer der Hinterbliebenen nicht im Rückspiegel erkannt. Das Herz der Mutter zerbrochen, der Stiefvater konnte sie nicht trösten. Zu tief war ihr Schmerz um ihren Elvis. Lethargie war von nun an im Hause. Das wurde für den Stiefvater zu viel. Eines Tages, die Blätter des Kirschbaums lagen zu Boden, nahm er das Gewehr und schoss der Mutter in den Kopf. Ihr schönes Gesicht fiel mitsamt des Körpers auf die kalte, feuchte Erde. Ihr Blut tränkte die Blätter des Kirschbaums in Rubinrot. Mutter ist jetzt tot. Es war mir nicht möglich, ihr zu sagen, wie lieb ich sie hatte, trotz all der schwierigen Zeit. In Gedanken, im Herzen tief drin, trage ich sie dennoch immer bei mir.

Dem Stiefvater brannte die Sicherung durch, er wusste sich scheinbar nicht anders zu helfen. So erkannte er seine Tat und erschrak vor sich selbst. Seine geliebte Frau lag zu Boden und ward nicht mehr. So schlug er sich zur Strafe Nägel in den Körper und blutete zunehmend sehr. Noch einen letzten Kuss zum Abschied auf ihre kalte Hand, danach setzte er seine Frau und sich in Brand. Das Feuer ergriff auch das Haus. So brannte es lichterloh. Der Ort meiner Kindheit und Jugend wurde somit von mir genommen. Ist das Ende meine Schuld, durch Fortgehen ohne Rückkehr? Gefühle der Trauer machen sich in mir breit. Diese Schnipsel zeigen mir Schattenseiten meiner Selbst, meines Lebens und Auswirkungen meiner Taten. Ich bin vom Suchenden zum Schuldigen geworden, ohne eine böse Absicht zu verfolgen.

Salzgeschmack auf meinen Lippen, auf meiner Zunge.

Pemire, ein Engel, eine Schönheit, die es nur einmal so gibt. Sie ist so rein und hilfsbereit wie nur selten ein Wesen es vermag zu sein. Sie bot mir einst Unterschlupf und Geborgenheit. Rettete mich vor mir selbst. Sie verstand es zu lieben. Doch ich brachte ihr Liebe und Leid zu gleichen Teilen. Mein Herz gehörte ihr, doch blieb ich nicht.

Sehnsucht stieg in ihr auf. Einerseits suchte sie die zweite Herzhälfte, andererseits wusste sie davon, dass Herzen nicht einfach zu heilen sind. Wir trafen uns danach nie wieder. Sicher blieb ihr die Erinnerung, bis zu dem Tag, an dem die Melodie für sie verhallte.

Sie schloss ihre schönen Augen hoch oben, auf einem gewaltigen Felsbrocken. Erinnerte sich nochmals an die schönen Momente, die wir gemeinsam verbracht haben. Bemerkte dabei nicht, dass die Stunden dabei vergingen und unentwegt ihre Tränen flüchteten, als hätten sie ihr Vorhaben geahnt.

In Gedanken sendete sie mir einen letzten Kuss, dann ließ sie ihr Leben freiwillig zurück und sprang in die Tiefe.

Salzgeschmack auf meinen Lippen, auf meiner Zunge.

Wenn schmerzhafte Erfahrungen größer sind als Momente der Glückseligkeit, ist es dann richtig, ist es dann fair zu sagen, ich gehe? Ich bin gegangen, mit der Option wieder zurückkehren zu können, nicht aber mich von der Erde zu verabschieden.

Obschon ich in den letzten Jahren immer wieder den Eindruck hatte, bereits tot zu sein und nur als „Besucher" hier umher zu wandeln.

Mit Blick auf meine innere Uhr, kommt zunehmend mehr Schwarz in mein Inneres. Niedergeschlagenheit drängt sich mir auf. Mein Kopf wird schwer und mein Nacken hält ihn kaum noch. Ich sacke ein, sinke auf den verstaubten Untergrund, dringe in das Gedärm des Bodens ein. Schnipsel sortieren sich neu und offenbaren mir weitere Geschehnisse.

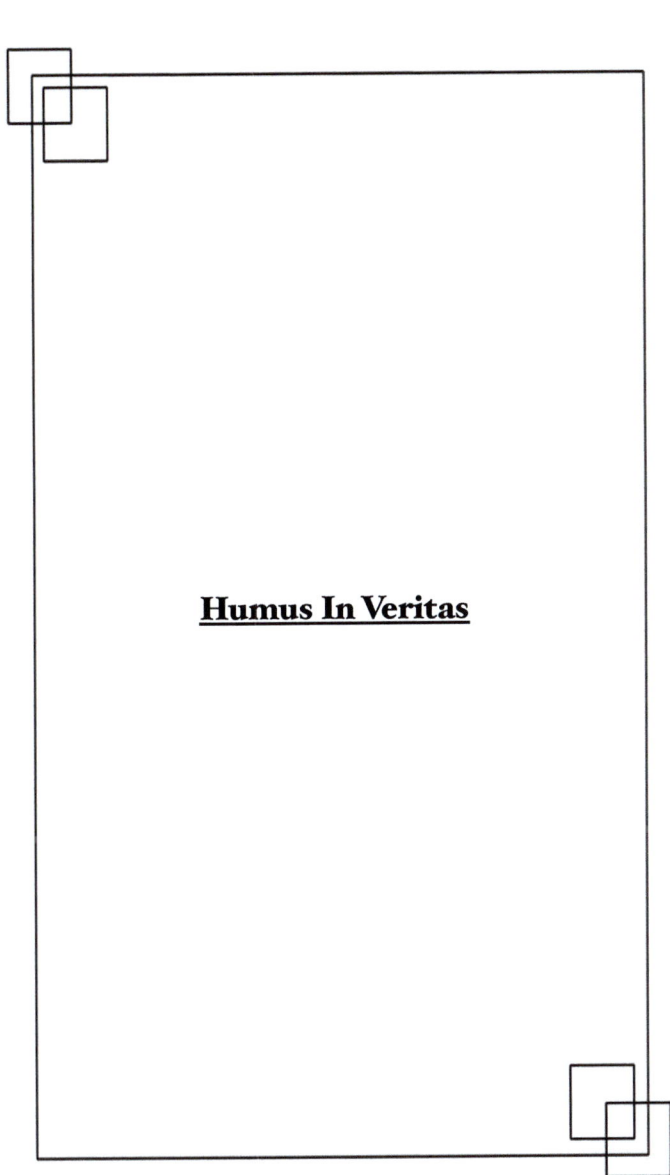

<u>Humus In Veritas</u>

Feinster Sand brösel mir aus der Nase, als ich meinen angeschlagenen Kopf langsam erhebe. Die Gedanken vom Vortag sind noch immer sehr präsent. Sonnenstrahlen lachen mich an. Vor Verzückung lächele ich ihnen entgegen und freue mich.

„Wo sind all die Felsen nur hin?", frage ich mich selbst.

„Sie wurden weggeräumt. Da kam gestern ein Paar, von sehr großer Statur, die haben sich der Steine angenommen und sich bereit erklärt, diese zu behüten. Vielleicht bringen sie diese wieder, vielleicht nicht", entgegnet mir eine Stimme.

„Wer bist du?"

„Man weiß es nicht. Ich bin mal da und mal da drüben. Kommt darauf an, von wo ich gesehen werden möchte, von wo man mich ansieht."

„Du scheinst klein zu sein, ich kann nichts erkennen", flüsterte ich vor mich hin.

„Klein? Das ist mir neu. Wer weiß es schon?"

„Nun ja, solange ich dich nicht erblicke,

gehe ich davon aus, dass du sehr winzig bist."

„Was spielt die Körpergröße für eine Rolle, wenn wir doch alle, früher oder später, zu Staub zerfallen?"

„Ja, das stimmt."

„Elvis, schaue dich um, das Leben scheint an diesem Ort Vergangenheit zu sein."

„Kannst du mir sagen, wo ich hier bin?"

„Nein, wofür stehen Namen, wenn am Ende nichts als feinster Sand bleibt?"

„Hmm..."

„Du befindest dich auf den Überresten deiner Erinnerungen. Hier liegen alle deine Sorgen, deine schönen als auch deine nicht so schönen Momente. Jene, die dich bis hierher gebracht haben; jene, die es nicht Wert waren, weiter mitgetragen zu werden; und jene, die vor Verdrängung zerfallen sind. Schau' dich um."

Ich stehe inmitten einer riesigen Wüste. Soweit meine Augen gucken können, erstreckt sich ein Meer aus Sand und Erde.

Alles sehr eben, es gibt keine Hügel.

„Du hast gelernt, deine Ängste zu bewältigen, indem du auf die Suche nach ihnen gegangen bist. Mit jedem Schritt, den du ihnen entgegengekommen bist, sind sie von dir ab- und letztendlich zerfallen."

Die Stimme endete abrupt. Nur ein leichter Wind schmiegt sich um meinen Körper. So weich und ehrlich. So zärtlich und liebevoll. So wohlwollend und herzlich.

Ein Schauer durchläuft meinen Körper, den Rücken rauf, und bildet Knospen der Wollust auf ihm. In einen Traum gehüllt, stehe ich dort und genieße die Ruhe. Die Innigkeit mit dem Wind gibt den Gedanken genügend Energie sich frei zu entfalten.

In der Wüste der Erinnerungen. Meiner Erinnerungen.

Ich erblicke Depressionismus in mir. Verzweifelte Blicke kehren sich nach innen und beschauen sich mich. Transparenter Körper, Zeugnis aus vergangenen Tagen. Visionen kommen hervor, sie bedauern und

trauern um die Vielfalt des einzelnen
Augenblicks, der Schrecken brachte.
Mit Nadeln in mir zerteilte ich mein Selbst,
um Freiraum zu schaffen, um eins mit der
Melodie zu werden. Der Versuch, Glück zu
erreichen, ohne Opfer hervorzubringen,
scheint schier unmöglich zu sein. Zu viele
stürzten auf meinem Weg. Die Geige in der
Hand, zog ich sie in meinen Bann, doch
ließ ich sie nicht bleiben, sondern musste
sie zerteilen. In jener Sekunde schlug ich
mich selbst vor größter Pein. Nicht sie
hätten leiden sollen. Unfähig zu bleiben,
verlor ich mein Leben. Elvis, du Narr,
dachtest du könntest die Welt verändern,
indem du gehst, indem du den Rücken nur
zeigst und nicht erkennst, deine
Vergangenheit, sie brennt.
Meine Lieben sind erstarrt. Zu Staub
zerfallen. Alles was ich hatte, liegt tief unter
mir. Ein Garten, ein Boden aus Lehm und
Dreck, der Sand unter mir zeigt kein
Mitleid mit Leuten wie mir. Alleine stehe
ich nun im zärtlichen Wind und versuche

die Liebe zu berühren.

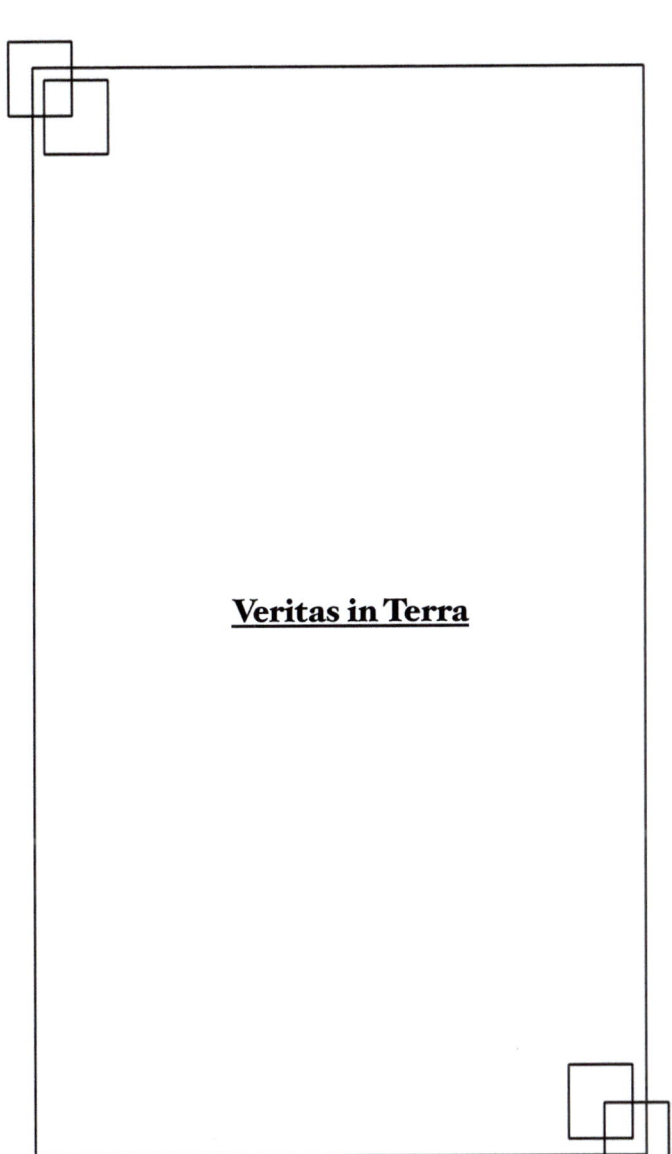

Veritas in Terra

Die Sonnenstrahlen verabschieden sich allmählich. Letzte Strahlen der Wärme auf meiner Haut, bereiten ihren Abschied vor. Als würde man einen geliebten Freund für immer gehen lassen. Der Zug rollt in den Bahnhof ein, man hält die Hand des geliebten Menschen und möchte diesen Moment für eine Ewigkeit einfach einfrieren. Niemals soll er einsteigen und wegfahren. Doch dann ist der Moment gekommen, der Einstieg in den Waggon. Noch können sich die Hände halten, in wenigen Sekunden müssen sie sich jedoch voneinander lösen, denn die Reise geht für beide weiter. Die Wege sind nun nicht mehr die- selben. Das Herz schmerzt beiden, als das Band zertrennt wird. Werden sie sich jemals wiedersehen?

Die Nacht bricht herein, und mir wird kalt. Klar ist die Nacht. Sehr klar. Als säße man an einem ruhigen See und beobachte die kleinen Fische am Rande, wie sie sich am Plankton laben oder neugierig auf und ab schwimmen.

Ein Sternenzelt hoch oben über mir, so klar, dass es mich nicht mehr loslässt. Im Liegen kann ich mich besser fallen lassen.

Entspannt schaue ich mir diese Lichter hoch oben an. Stehen einzelne Sterne wirklich für eine verstorbene Seele? Sind dies alles unsere Geliebten, die uns bereits verlassen mussten? Die Vorstellung ist schön, doch auch irgendwie sehr befremdlich. Mir gefällt dieser Gedanke, also lasse ich ihn in mir ruhen, liege nur da und starre noch eine Weile zu all den glänzenden Seelen.

Mir geht dieser Gedanke einfach nicht aus dem Kopf, sich von einem so sehr geliebten Menschen einfach zu trennen. Sich dann in entgegengesetzten Richtungen zu bewegen, jeder für sich. Warum sollte man sich trennen, wenn das Gefühl der Verbundenheit so tief und innig erscheint? Was in aller Welt sollte dieses Vorgehen so sehr bestärken, dass Menschen sich diesen Verlust antun? Ich verstehe das nicht. Nicht in diesem Moment. Vielleicht nicht direkt in diesem Moment.

Der Mond scheint ebenfalls nicht durchgehend über meinem Kopf. Er ist aber recht zuverlässig und kommt meist abends immer wieder. Kann dies nicht zum Trost werden?, zu wissen, dass der Geliebte nach einer gewissen Zeit einfach wiederkommt? Bleiben die Gefühle zueinander denn dann auch stets die, die im Vorfeld vorherrschten? Bei beiden zu gleich großen Teilen? Das glaube ich nicht. Nicht in diesem Moment. Vielleicht nicht direkt in diesem Moment.

Je später es wird, desto kälter wird es am Boden. Ich versuche mich aufzurichten und die Gedanken sacken zu lassen. Etwas benommen fühle ich mich jetzt schon. Dieser schmale Pfad unter meinen Füßen, zwischen Wahrheit und Tragödie, führt mich immer weiter in die seltsame Welt der menschlichen Abgründe. Mir selbst geht es so schlecht, dass ich nicht mehr laufen möchte, aber aufgeben kann und will ich jetzt auch nicht. Am liebsten würde ich mich zum Sterben weglegen und doch wieder zu Leibeskräften kommen. Mein Körper und mein Geist ist das Einzige was mir jetzt noch bleibt. Diese zwei Dinge gilt es weiterhin zu behüten und so zu versorgen, dass ich noch weiterleben kann. Dennoch fühlt es sich momentan sehr ernst an. Hilfe wäre in dieser Situation genau das richtige für mich. Nur wenn sie ernst gemeint ist. Nur wenn sie meinen Lebenstrieb positiv unterstützt. Ich kann mich nicht unentwegt selber bedauern, das ist nicht meine Absicht. Das Ziel sollte sein, zu gesunden und bei Verstand zu bleiben. Was braucht es dazu? Einen Arzt? Einen Facharzt vielleicht. Herz. Mit Herz und Menschlichkeit kann bereits vielen geholfen werden.

Solange meine Seele noch in meinem Körper ist und dieser weiterhin aktiv bleibt, werde ich versuchen, weiterhin jeder einzelnen Person mit Respekt und einem angemessenen Maß an Hilfsbereitschaft, solange ich auf diesem Planeten verweile, entgegenzutreten. Das erscheint mir nicht in allen Lebenslagen gleichermaßen einfach umsetzbar zu sein, dennoch werde ich diesen Versuch angehen. Wenn jeder diese Prämisse für sich nutzen würde, wäre es dann nicht für alle einfacher, sich auch daran zu halten? Sich an ihr zu orientieren? Sorgt das Vorleben während des Lebens nicht dafür, dass das Leben lebenswerter für alle wird? Mit jedem Atemzug, der mir aktuell in die Lungen strömt, mit dem ich zunehmend verkrampfe, finde ich diesen Gedanken ernsthaft lebenswert. Nun ja, ich bin nicht als Priester oder so unterwegs, aber das sollte auch mit einem gesunden Verstand umsetzbar sein.

Der Weg endet an einer Straße. Kaum erkennbar, da diese mit Sand bepudert ist. Ich stütze mich an diesem Baumstumpf ab, setze mich hin, lege mich auf die Seite und hocke wieder. Die Sonne, mein verlassener Freund, ist in der Ferne zu erkennen. Die Heimreise scheint angetreten worden zu sein. Mein Herz lacht vor Freude, und mein

Gesicht versucht es trotz der Schmerzen ebenfalls. Meine Augen müssen so sehr strahlen, dass mir die Tränen die Sicht verschwimmen. Am liebsten würde ich ihr entgegenlaufen und sie so feste umarmen, dass sie keine Chance hätte jemals wieder zu gehen. Der erste wärmende Sonnenstrahl, seitdem die Nacht anbrach. Meine Sehnsucht ist gestillt. Ich stelle mir vor, wie ich auf Sonnenstrahlen tanze, einzelne wie Orangen auspresse und mich an ihrem Saft labe. Warmer Saft auf meinen Lippen, meinem Kinn und Gesicht. Der ganze Körper voll von Sonnensaft. Warm und wohlig auf der Haut. Vereint mit meinem so sehr vermissten Freund.

Der Druck an meinen Armen reißt mich aus meinem Schlummer. Diese unachtsamen Sanitäter zerren mich zu ihrem Krankenwagen, auch wenn ihre Absicht dahinter eine gute zu sein scheint. Es tut weh.

„Sind Sie OK? Hallo!? Können Sie mich hören?", richtet einer der beiden sein Wort an mich.

„Ich glaube, er kann dich nicht verstehen",
so die Antwort des anderen.

Rasch setzen sie die Kanüle und schließen
mich an den Tropf an. Flüssigkeit, als
wichtiges Gut, ist schon zu selten in
meinen Körper geflossen. Künstliches
Hinzufügen ist für den weiteren Erhalt des
Körpers von einer so wichtigen Bedeutung.
Die Sanitäter machen ihren Job gut und
bringen mich in ein Krankenhaus.

„Da haben Sie aber nochmal Glück gehabt",
spricht die Stationsärztin mich an.
„Es hat einige Tage gedauert, aber jetzt
können Sie langsam wieder anfangen, sich
mit Leckereien zu stärken."
„Hmmm, ist gut", erwidere ich nur und
schließe meine Augen noch ein wenig.
Dann geht die Zimmertür wieder zu und
ich bleibe alleine zurück.
Anhand der verklebten Wimpern, kann ich
nicht gut erkennen, wie dieses Zimmer
aussieht. Ich muss direkt wieder an den

Sonnenstrahlensaft denken, der meinen Körper benetzt hat. Vielleicht sind meine Augen daher noch so verklebt?

Der Krankenpfleger, der später sehr hilfsbereit ist, erlöst mich von dem Dreck und Schleim, der sich in den letzten Wochen auf meinem Körper breitgemacht hat. Er ist sehr sorgfältig bei der Reinigung. Lässt keine Falte an mir aus. Ich fühle mich wieder befreit und frisch.

Mein Name ist Elvis, und ich bin in den letzten Jahren weit gegangen. Mir ist so, als müsste ich meine Geschichte noch einmal erzählen, aber das möchte ich jetzt dem Leser nicht antun; egal, ob er männlich oder weiblich ist. Diese Gedanken und Erzählungen sind für alle da. Jeder hat das Recht, sie sich durchzulesen und sich an der einen oder anderen Stelle seine Gedanken dazu zu machen. Letztlich kommt es doch darauf an, wie man mit sich im Reinen ist, und ob man möchte, dass andere ihn ebenfalls so behandeln, wie man vielleicht selber den einen oder anderen behandelt. Mein Körper ist soweit wieder hergerichtet. Ich denke, ein Weilchen werde ich noch hier verweilen. Weitere Erkenntnisse für mich gewinnen, und diese hier oder dort zusätzlich auf Papier bringen. Auch wenn dies nicht immer sehr einfach ist. Nun sitze ich hier, und während ich diese Worte schreibe, sehe ich voller Vorfreude der Zukunft entgegen. Zum Sterben ist es mir jetzt zu früh, auch wenn ich zwischendurch wirklich an das Ableben gedacht habe. Ich vermisse dich trotzdem sehr, auch wenn du in der Vergangenheit meiner Gedanken bist. Du bleibst einfach immer ein Teil meiner Geschichte. Mich würde es schon sehr interessieren, wo du jetzt bist und wie es dir so geht. Doch befürchte ich, dass ich da nicht ausreichende Informationen zu erhalten kann. Von daher lasse ich dich für immer tief in meinem Herzen leben, bis wir uns vielleicht irgendwann und irgendwo wiedersehen. Letztlich liegt die Wahrheit scheinbar tief in der Erde, wo wir uns alle zur ewigen Entspannung wieder treffen werden. Wenn dem so ist, möchte ich dir und all den anderen Lieben eine riesige Blumenparade bereiten, so dass wir uns alle an dem Duft der frischen Blumen und an den schönen Farben erfreuen können. Gemeinsam lassen wir dann die Lebenden zurück. Genießen unser Beisammensein und beobachten die Handlungen der Hinterbliebenen. Wir halten unsere Hände schützend über ihre Köpfe, so dass sie nicht ohne unsere Hilfe, Wunden, die nicht heilen mögen, davontragen. Wir trösten sie bei Kummer und Leid, auch wenn sie nicht unbedingt bemerken, dass wir dabei sind. So lassen wir sie dann und wann spüren, dass das Leben weitergeht, mit jedem Strahl, den die Sonne uns scheint, mit jedem Wind, der unsere Haut umschmiegt, als wolle er rein.

Ich freue mich auf die Zukunft und ein Wiedersehen mit dir und euch allen. Mit

Blumen in der Hand werde ich dich auf jeden Fall empfangen.

Mir laufen die Tränen über das Gesicht während ich dieses hier schreibe, dennoch denke ich daran, während ich weiterhin hier verweile.

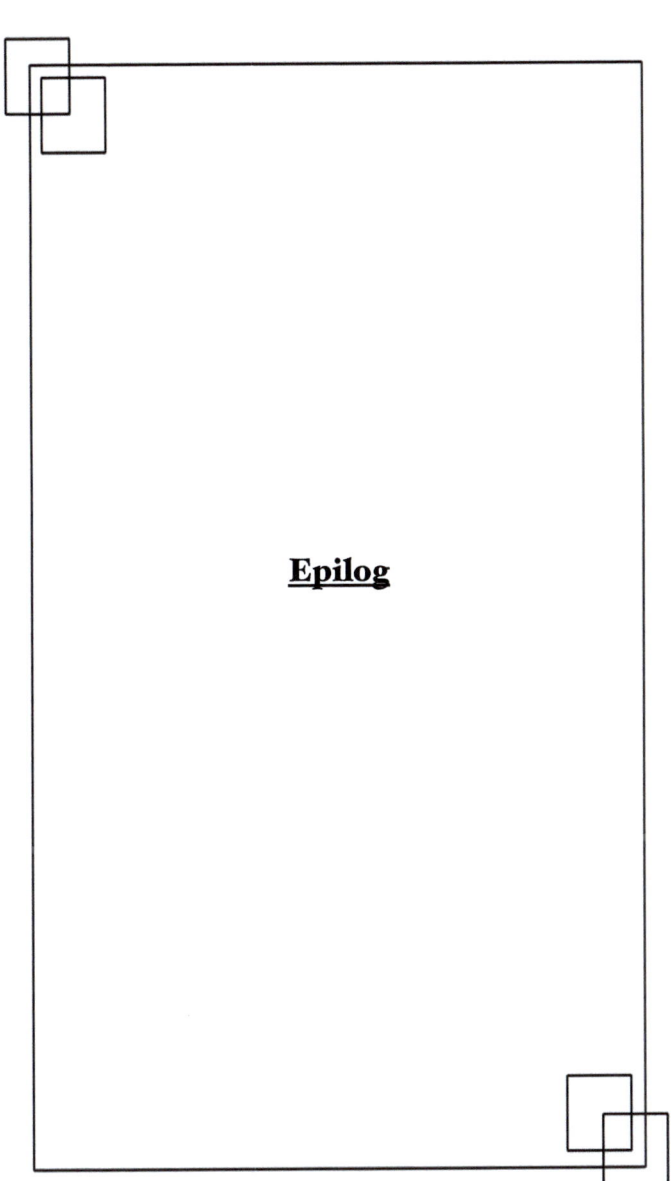

<u>Epilog</u>

Dies war die Geschichte von Elvis. Ein kleiner Einblick in die menschlichen Abgründe und die Abenteuer, die Menschen auf ihrem Lebensweg erwarten könnten. Abhängig von ihrem Lebensstil und der Bereitschaft sich ihren Ängsten und Gefühlen zu stellen.

Mit Sicherheit wurden hier noch etliche, schöne oder weniger schöne Lebensgeschichten unterschlagen. Vielleicht erscheinen sie an anderer Stelle, um weiteres Licht ins Dunkel zu bringen und ein rastloses Herz mit Worten zu begleiten. Im Moment scheint es besser zu sein, diese Geschichten hier ruhen zu lassen. Sollen sich Menschen, die diese Texte lesen, Gedanken über diese und ihr eigenes Leben machen. Eventuell finden sie Parallelen aus dem eigenen Leben, zu der einen oder anderen beschriebenen Situation. Eventuell auch nicht.

Elvis würde wahrscheinlich sagen, dass es ihm gefallen würde, wenn diese Erzählungen Menschen zu irgendeiner

Gemütsregung bewegen können, damit wäre viel gewonnen. Auf dem Weg in ein besseres, herzlicheres Bewusstsein, dorthin sollten wir uns alle begeben.

Das wäre wirklich toll.

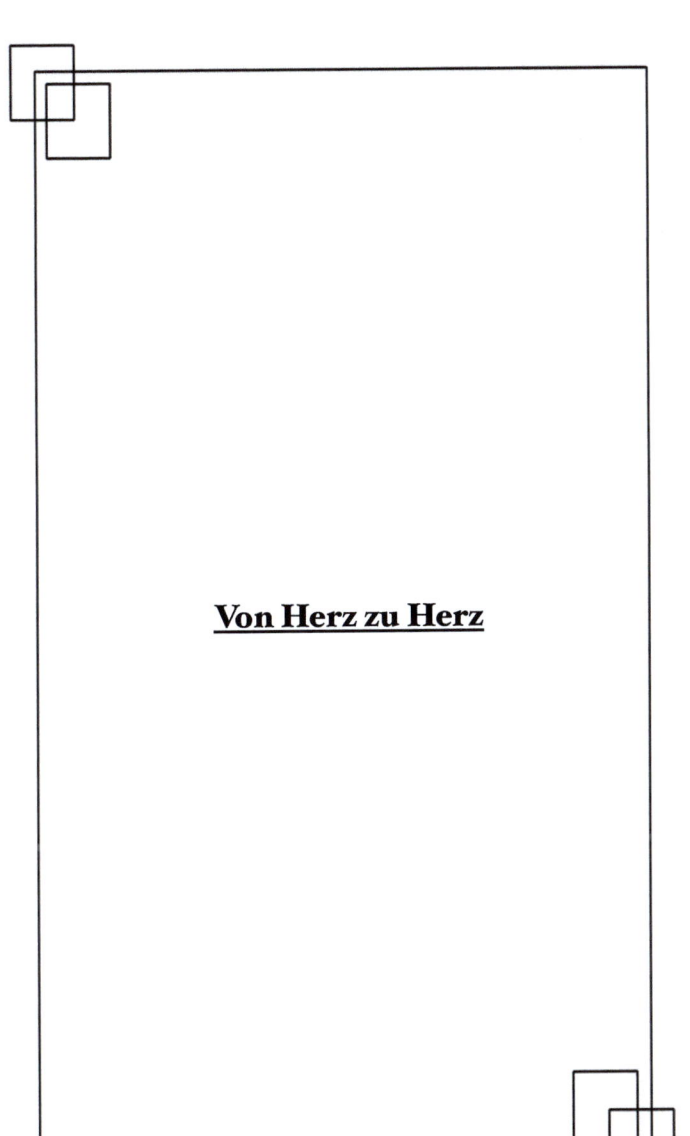

<u>Von Herz zu Herz</u>

Dankeschön und viel Liebe geht raus an alle Menschen, die mich zu meinen Arbeiten inspirieren. Die mir den Rücken frei halten und / oder an mich und meine Visionen glauben. Ohne euch wäre vieles nicht so schön, wie es ist.

Danke sehr!

Das Leben ist schön – gehe raus und erzähle es jedem!